Gupf

Der kleine Pimpf

Eine bitterböse Parodie

(Aktualisierte Version)

Bibliografische Information der Deutschen
Nationalbibliothek:
Die Deutsche Nationalbibliothek verzeichnet diese
Publikation in der Deutschen Nationalbibliografie;
detaillierte bibliografische Daten sind im Internet über
http://dnb.dnb.de abrufbar.

Nicht für Kinder unter 16 Jahren geeignet.

Herstellung und Verlag: BoD – Books on Demand,
Norderstedt

ISBN: 978-3- 7519 1443 7

Widmung

Für Melina

Ich bitte alle Erwachsenen um Verzeihung, dass ich diese Parodie einem Kinde widme, das noch nicht einmal das Original in seiner gleichnishaften Bandbreite verstehen könnte. Aber ich habe eine recht gute Erklärung: Wenn sie eines Tages in der Schule mit dem Original traktiert werden wird, um den -ach so- bedeutungsschweren Gedanken eines philosophierenden Bruchpiloten hinterherzuspüren, dann wird sich diese Welt sehr viel weiterentwickelt haben. Leider nicht zum Positiven.

Melina wird in einer Welt erwachsen, in der der schulische Leistungsdruck und der Stellenwert der Markenklamotten bzw. Gruppenzugehörigkeit höher ist, dafür aber auch die Gefahr, Opfer von Mitschülern zu werden; in der weniger Lehrstellen, Jobs und Möglichkeiten zur Verfügung stehen, dafür aber eine höhere Qualifikation gefordert wird; und diese höhere Bildung aus eigener Tasche bezahlt werden muss; länger und härter gearbeitet werden muss und Urlaubstage oder Feiertage gestrichen werden; privat alle Versicherungen getätigt werden müssen, d.h. jeder z.B. für seine Krankenversicherung selber aufkommen muss; keinerlei staatliche Hilfe mehr geleistet wird und Arbeitslosigkeit ein Leben auf der Straße bedeutet; keine ausreichende staatliche Rente mehr gezahlt wird; der Staat jeden Bürger nach Belieben durchleuchtet und überwacht als Prophylaxe vor Terrorismus; die Schere zwischen Reich und Arm noch größer klafft, auch in Europa; die Finanzmächtigen noch mehr Kosten auf die Steuerzahler und Schuldner abwälzen, während sie immer mehr echten Besitz zusammenraffen; und internationale Konflikte um Rohstoffe und Besitztümer an der Tagesordnung sind, weil die Lebensgrundlage Natur immer weiter verschwindet.

Also nehmen wir einmal die nur angedeuteten Metaphern des Originals „Der kleine Prinz" ernst, tilgen die naiven brav-bürgerlichen Züge und formulieren sie so klar aus, dass selbst Lehrer begreifen, dass die Hintergründe dazu eigentlich zu gesellschaftskritisch für die bürgerliche Abrichtung junger Menschen in staatlichen Anstalten sind. Das wird Melina nicht davor bewahren, das Original lesen zu müssen, aber dieses Nachfolgewerk wird ihr einiges verdeutlichen, wenn sie der grundsätzliche Plot mit der „Muschi-Suche" nicht abschreckt. Aber auch sie ist nur ein kritischer Seitenhieb auf die seltsame Abscheu der Gesellschaft vor diesem Wort, bzw. diesem Körperteil, und die Diskriminierung aller Menschen, die eine solche ihr Eigen nennen (Make love, not war!).

Melina wird erwachsen und als Erwachsene wird sie das ernten, was die wirtschaftlichen und (in Folge davon) politischen Entscheider von heute gesät und wir einfachen Leute und Schriftsteller nicht verhindert haben: Ausverkauf der Erde, Ausbeutung der Menschen, Diskriminierung der Frauen, Probleme mit und in der Dritten Welt, Krisen in der Wirtschaft und Finanzwelt und Kriege in der Politik.

Alle Kinder werden einmal erwachsen, dann werden sie dies lesen können und verstehen.

Vielleicht sollte ich meine Widmung ergänzen:

Für die erwachsene Melina,

die die Folgen all dessen

auszubaden hat.

Es tut mir leid, dass ich

es nicht habe aufhalten

können.

Der kleine Pimpf

Eine bitterböse Parodie

1.

Mit 6 Jahren beschloss ich, Künstler zu werden. Jedoch wurden meine bewusst minimalistisch gehaltenen ersten Zeichnungen nicht als Reminiszenz an die „art brut" erkannt und landeten nicht etwa auf dem Kunstmarkt, um mein Taschengeld aufzubessern -wir waren eine arme Familie-, sondern im Papierkontainer. Immerhin dort, denn auch arme Menschen müssen Müll trennen. Es ist sehr schwierig, als Künstler anerkannt zu werden, wenn schon die eigenen Eltern das frühe Talent nur als narrenhändige Schmiererei ansehen.

Ich änderte mein Konzept. Einfache, aber klare Linien ersetzten meine kindlichen Kritzeleien. Um ihnen den Hauch von Exklusivität zu geben, gab ich ihnen anspruchsvolle Titel wie z.B. „Handzahmer weißer Elefant während des Pinkelns von Riesenboa überrascht und verschlungen". Nun gut, es sah einem Hut nicht unähnlich, was mir viele phantasielose Erwachsene unmissverständlich deutlich machten.

Meine Eltern meinten deshalb, ich solle mit diesem Talent lieber Hutmacher werden. Vielleicht auch aus dem Grund, weil der einzige Hutmacher, den sie kannten, eine Figur aus einem Kinderbuch war. Den ganzen Tag am Tisch sitzen, plaudern, Teechen trinken und kleine Mädchen ärgern, ist schon eine feine Sache.

Aber natürlich hörte ich nicht auf sie. Ich hatte eine Mission: die Menschen durch meine Kunst in den Bann zu ziehen.

Als auch „Von islamistischen Terroristen gekaperte Boing707 bei Zwischenlandung in Landshut von Superriesenboa verschlungen" nicht als Kunstwerk anerkannt wurde, änderte ich noch einmal mein Konzept.

Nun experimentierte ich mit „Installationen" und schmierte Margarine auf unseren alten Holzstuhl in der Küche. Als Titel gefiel mir „Fettstuhl" ganz gut.

Leider machte Onkel Gustav dieses Werk zunichte, als er sich auf den Stuhl setzte und mit seinem dicken Arsch die ganze Margarine aufsaugte. Seine darauf folgende wenig künstlerische Performance auf mein junges Hinterteil nannte er lakonisch „Arschvoll".

Endlich reifte ich zum Manne und war immer noch davon überzeugt, dass Künstler ein echter Beruf ist. Abgesehen von den guten Arbeitszeiten, die man selbst bestimmte, und der leichten Knete, die man verdienen konnte -wenn man richtig im Geschäft war-, gab's ja auch weitere Annehmlichkeiten frei Haus, z.B. Aktmodelle, also Frauen, die sich vor einem ausziehen... Um ähnliches zu erreichen müsste man schon Gynäkologie studieren oder zum Pornofilm gehen.

Man macht als Künstler zwar meistens kaum intellektuell anspruchsvollere Dinge als ein Pornostar, wird aber -bei Glück- besser als ein Gynäkologe bezahlt. Wer es dann zum Profi geschafft hat, muss nur aufpassen, dass Putzfrauen im Museum die Werke nicht mutwillig verändern, oder er nicht mit Drogen und 9 Huren im Hotel erwischt wird.

Ich malte inzwischen wie die Großen und konnte fast jeden modernen Klassiker kopieren. Leider machte mir Herr Kujau das Geschäft kaputt. Gerade als ich mit „Göbbels Liebeslyrik" punkten wollte, kamen seine Hitlertagebücher raus. Damit war der Markt gesättigt, nur mein Magen nicht. So nutze ich diese meine erstklassigen Fälschungen zu dem, wozu die ganze nationalsozialistische Schreiberei taugt: als Klopapier. Aber langsam musste ich Geld verdienen. Es blieb nur der Abstieg in die Kommerzialisierung.

Als ich meine Kunstfertigkeit dazu benutzen musste, Weihnachtsmänner für einen Postkartenverlag zu entwerfen, ahnte ich bereits, dass meine Art von Kunst mich nicht ernähren würde.

Da ich bisher nur Kritzeleien von gefüllten Boas sowie Gesichter wie von Ensor bis Picasso gezeichnet hatte, sahen meine ersten Weihnachtsmänner sehr skurril aus. In langer Nachtarbeit wurden daraus herrlich fettbackige, feist grinsende, kalmundrunde, weißbärtige Männer in rotem Kostüm.

Aber als meinem Arbeitgeber meine Weihnachtsmänner zu traurig drein schauten, ich diese Tristesse trotz aller Mühe nicht aus ihren Gesichtern bekam und auch der Titel „Am weihnachtlichen Kaufrausch verzweifelnder Weihnachtsmann… beinahe von Boa verschlungen" nichts mehr reißen konnte, endete meine Karriere in der kommerziellen Welt der Kunst sehr kläglich.

Da ich nichts weiter gelernt hatte, außer Farbe auf Leinwand zu verteilen, und meine wirklich bedeutendsten Werke die mit der Boa waren -das Wesentliche ist unsichtbar-, bekam ich schnell Gelegenheit, an einem staatlichen Quiz teilzunehmen. Die Fragen waren nicht allzu schwer, aber tiefgreifend: 16 Bögen Hartz IV. Ich muss zugeben: eine Blamage für mich als Künstler und ein starker Knick in meinem Lebensentwurf!

Ich kann zwar China nicht von Arizona unterscheiden, aber zum Glück bekam ich einen 1-Euro Job als Postflieger über ein ziemlich unbewohntes Stück Wüste im Norden Afrikas, und fliege seitdem auch Postkarten von fröhlich grinsenden Weihnachtsmännern, gemalt von „echten" Könnern ihres Fachs. So auch zum Zeitpunkt dieser Geschichte.

Eine meiner ersten Zeichnungen der Boa-Serie hing in meinem Cockpit. Jedoch habe ich den Titel geändert in „Boing707 mit allen leicht bekleideten Playmates der letzten 5 Jahre an Bord, von Riesenboa verschlungen". Man will ja auch was fürs Auge.

2.

Und wie ich nun so flog, passierte es mir immer wieder mal, dass ich nach hinten ging, um die herrlich fröhlichen Weihnachtspostkarten meiner ehemaligen Konkurrenten aus dem Flieger zu werfen. Da aber dann niemand da war, der das Flugzeug steuerte, stürzte ich dabei regelmäßig ab. Zum Glück nicht tief, da ich sowieso ein Tiefflieger bin.

So auch dieses Mal.

Mitten in der Wüste kam mein Flugzeug abrupt zum Stehen. Eine Spur von Weihnachtskarten zeigte meinen Bremsweg. Aber ein Rad war angebrochen.

Ich holte mein Werkzeug und machte mich an die Arbeit, das Ersatzrad zu montieren.

Ich hatte nur für eine Woche Wasser dabei, und wollte zu Weihnachten wieder zu Hause sein.

Am Abend schlief ich ermüdet ein und am nächsten Morgen weckte mich ein zartes Stimmchen.

„Zeichne mir eine Muschi."

Ich fuhr hoch:„Wie? Was? Wer?"

„Zeichne mir eine Muschi."

Ich sprang auf, als hätte ich den leibhaftigen, fröhlich grinsenden Weihnachtsmann gesehen, und rieb mir die Ohren. Da sah ich einen kleinen Pimpf nicht unweit vor mir, der mich beobachtete. Noch Jahre davon entfernt, Haare am Sack zu bekommen, forderte er ganz dreist zum dritten Mal:„Du, zeichne mir eine Muschi."

Also gut, dachte ich, soll der Kleine eine bekommen. Ich zog ein Blatt Papier und einen Stift aus der Tasche und zeichnete ihm die niedlichste Muschi-Katze, die ich vermochte.

„Hey Mann, keine Miezekatze, sondern eine Muschi… eine knutschlippige, flaumbehaarte, kuschelweiche Schmusemuschi, wie sie die Frauen haben…"

Welch Ausdrucksweise für einen vermutlich Achtjährigen. Um den Pimpf nicht zu verärgern und ihn vielleicht schnell wieder loszuwerden, malte ich mit wenigen Strichen das, was er verlangte.

„Nein, nein, das sieht ja aus wie ein geschwollenes Gorillaauge nach dem Clinch mit beiden Klitschkos. Ich brauche eine Knuddelmuschi."

Da ich nicht gewillt war, diesem Kinde eine originalgetreue Muschi zu zeichnen, malte ich einen Weihnachtsmannsack mit Kordel und sagte:„Die Muschi, die Du willst, hat Santa Klaus in diesem Sack für Dich." Der Pimpf bekam große Augen. „Au, ist die geil!"

Ich dachte nur:„Und du verrückt…"

Wie um diesen ersten Eindruck zu bestärken, wiegte er, die Zeichnung betrachtend, den Kopf hin und her und sagte plötzlich:„Sie nur, jetzt ist sie erregt…"

So machte ich die Bekanntschaft des kleinen Pimpfes.

3.

Mein neuer Wüstenfreund hatte wohl recht lange nicht mehr mit jemandem geredet und so sprudelte alles aus ihm heraus. Während meiner Arbeit an dem Rad erfuhr ich vieles über diesen Knilch, was mich nicht die Bohne interessierte.

So behauptete er, von einem anderen Planeten zu kommen, der so klein war, dass er darauf kein Fußballfeld einrichten könnte, und wenn er es täte, die eine Hälfte immer auf der Nachtseite läge, während auf der anderen Tag wäre, dass er

13

aber drei Fußbälle besitze, von denen einer schon kaputt sei, weil er ihm in die Rosenhecke geflogen sei, und dass irgendwelche seltsamen Stauden neben einer einzigen Blumenart bei ihm wüchsen, und dass an seinem Geburtstag jedes Mal ein mediterran aussehender Mann vorbeikomme mit dem Spruch „Wolle Rrose kaufe?", obwohl dieser längst wisse, dass er schon eine Rose habe, aber keine Vase für weitere Stielrosen.

Aber dass sich einmal ein Vasenverkäufer dort sehen lasse... nee.

Er erzählte, dass ein türkischer Astronom seinen Asteroiden entdeckt und auf einem internationalen Kongress als „Astüroüd Lekka Döner" in die wissenschaftliche Welt einführen wollte.

Aber da er auf dem Kongress in türkischer Landestracht gekommen sei, was etwas sehr nach Circus ausgesehen habe, hätten ihn die europäischen Anzugträger nicht glauben wollen. Wer glaubt schon einem Clown, der außerdem meint, nach Jesus gäbe es noch einen weiteren Propheten? Erst als ein Europäer denselben Asteroiden aufspürte, war man von der Existenz desselben überzeugt. Er sei dann nach seinem Anzug tragenden Entdecker benannt worden, nämlich „Matschkowski I", obwohl der Pimpf ihn aber in Wirklichkeit liebevoll „Hodmezövasarhelykutasipuszta" genannt habe.

Ja, die großen Leute lassen sich so leicht von Äußerlichkeiten lenken. Sie lassen sich von jedem Betrüger reinlegen, wenn er nur ordentlich gekleidet sei und gepflegt aussehe, irgendein hübsches Blatt Papier mit dem Wort „Diplom" darauf vorlegen könne und das solide Auftreten eines Bankiers zeige.

Die Wahrheit, die in Lumpen daherkomme oder gar aus ärmlichen Verhältnissen stamme, lasse sie völlig kalt. Heute hätte Jesus echt Schwierigkeiten, sich Gehör zu verschaffen.

Typen, die ihren Beruf mit 30 an den Nagel hängen, die Kirche kritisierend durchs Land ziehen, andere Berufstätige von ihren Arbeiten und der Versorgung ihrer Familien abhalten, und sich stets bei Freunden und reichen Gönnern durchschnorren, sind heute wirklich nicht mehr gefragt. Und Karriere in seiner eigenen Kirche könnte Jesus damit heute auch nicht mehr machen.

Der Pimpf sagte weiter, dass er die Vorliebe der großen Leute für messbare Fakten und emotionslose Bezeichnungen nicht im mindesten nachvollziehen, geschweige denn gutheißen könne. Erst durch einen vielsagenden, liebevollen Namen mache man sich die Welt vertraut.

Und die bloße Zahl von kleinsparenden Börsencrashopfern oder Kriegsopfern verhülle zudem nur die tragischen dahinter stehenden Einzelschicksale, denen man jede menschliche Würde dadurch nehme. Wie zynisch klinge ein Wort wie „Kollateralschaden"?

Wie weit entfernt vom reellen Grauen sei der lapidare Satz:„Es gab 100 Verletzte"?

Man gehe hin zu den Verletzten, schaue in ihre von Schrecken und Todesangst verzerrten Gesichter, sehe die entsetzlichen Verbrennungen und höre das giftgasverseuchte Röcheln ihrer Lungen, fühle die Armstümpfe, die minensplitterzerfetzten Beine, und ermesse die seelischen Schäden und Wunden sowie ihr verpfuschtes Leben; und dann sage man noch einmal:„Es gab 100 Verletzte". Man solle sich lieber mit ihnen vertraut machen, so wie man es mit Freunden tut, und denke einmal, es könnte mein Sohn sein, der verstümmelt und für den Rest seines Lebens pflegebedürftig zurückkehrt; meine Familie sein, die bei einer Hochzeitsfeier „versehentlich" von einer Rakete getroffen wurde; meine Tochter sein, die in dem zerstörten Krankenhaus eigentlich gerade ein neues Leben zur Welt bringen wollte.

Der kleine Pimpf geriet darüber in Rage und nur ein Blick auf seine Zeichnung konnte ihn wieder beruhigen.

Ja, so sind die großen Leute: das einzelne Leben zählt nichts. Die 100 Verletzten verschwinden in ihren Familien, Heimen oder der Gosse; und die glücklich Überlebenden, die es auch hätte erwischen können, werden in Paraden mit Musike, jubelnden Mengen und viel Konfetti gefeiert. Sie werden erst im nächsten Krieg verheizt. Die allerglücklichsten haben es nach einem überlebten Einsatz hinter sich, und erinnern sich gern als patriotische Veteranen daran zurück, wie sie diese schreckliche Zeit durchgestanden und allen Widrigkeiten zum Trotz überlebt haben. Dann erzählen sie stolz ihren Enkeln von ihren Heldentaten, was letzten Endes nichts anderes heißt, als gemordet zu haben, ohne sich selbst erschießen zu lassen.

Nur ein erneuter Blick auf seine Zeichnung beruhigte den Kleinen gänzlich.

Schnell bemühte ich mich, seiner Meinung zu entsprechen, und wies darauf hin, dass ich ja nur Post flöge und trotzdem immer in Todesgefahr schwebte, was auch kein leichtes Los sei.

4.

Einige Zeit später, als wieder Ruhe eingekehrt war, fragte er mich urplötzlich:„Es stimmt doch, dass Muschis Stauden fressen?"

„Nein, das ist Unsinn."

„Wie? Keine Stauden? Blumen etwa?"

„Quatsch, Muschis fressen gar nichts…"

„Auch keine Affenbrotbäume?"

„Lass den Unsinn. Muschis fressen nichts von alledem. Die liegen ganz harmlos zwischen den Schenkeln und werden manchmal selber in den Mund genommen..."

Ich ertappte mich dabei, zu viel zu verraten von den befremdlichen Spielarten der großen Leute. Was sollte der Pimpf mit dieser Information anfangen?

Ich wiederholte lapidar:„Nein, die essen nichts".

„Mist!", sagte er. „Ich habe auf meinem Planeten ein Unkrautproblem und ich hoffte, die Muschi würde uns dabei helfen können."

Ich zweifelte langsam daran, dass dieser außerirdische Pimpf auch nur irgendeinen Funken Verstand besaß.

Hätte er sich lieber ein Schaf in dem Sack gewünscht. Die fressen so gut wie alles... Blöder Pimpf!

Dann erzählte er, dass seine Hauptaufgabe auf seinem Planeten darin bestehe, die Affenbrotbäume auszureißen, bevor sie zu groß würden. Es sei wie mit charakterlich verdorbenen Menschen. Wenn sie noch Kinder seien, terrorisierten sie nur ihre Eltern und Mitschüler, aber kämen sie zu Amt und Ehren (was in dieser verrückten Welt nicht ungewöhnlich sei), terrorisierten sie ganze Städte, Landstriche und Nationen. Es sei nur verwunderlich, dass die Politik geradezu ein Auffangbecken für dieses Gelumpe sei, würde aber den desolaten Zustand der Welt erklären. Wie dem auch sei, die Affenbrotbäume würden eine echte Gefahr bilden.

Erst seien es noch wenige, sodass man keinen Verdacht hege; doch wenn man sie nicht beizeiten jäte, seien es plötzlich so viele, dass man nicht mehr nachkomme und dann würden sie den ganzen Planeten überwuchern und alles andere ersticken.

„Ja, ja, wehret den Anfängen", sagte ich. „Das Problem kenne ich auch… vom Rassismus und von Fastfoodketten."

Ich wollte meinem neuen Freund helfen und versuchte, das Problem zu lösen. Sollte ich ihm einreden, dass meine gezeichnete Muschi Zähne hätte wie das „Kondom des Grauens" und sich vorwiegend von Affenbrotbaumpflänzchen ernährte?

Konnte ich ihm weismachen, dass meine Muschi so ätzenden Urin von sich geben könnte, dass sie alles Unkraut damit totpinkeln könnte? Was wäre mit den anderen Pflanzen?

Aber spielte das eine Rolle bei einem Wicht, der in einem bloß gezeichneten Sack auf einem Stück Papier eine supergeile Muschi erblicken konnte?

Ich wollte darüber nicht weiter nachdenken -es gibt genug irdischen Schwachsinn- und wandte mich meinem Flugzeug zu, um es zu reparieren.

Am nächsten Tag, ich hatte meinen Flieger immer noch nicht flott, war es wieder die Muschi, die einige verworrene Gedankengänge meines außerirdischen Wüstenfreundes ersichtlich werden ließ.

Er fragte:„Welche Farbe hat die Muschi?"

„Farbe?"

Ich war gerade dabei, gegen einen Bolzen an meiner Radaufhängung zu kämpfen.

„Ja, Farbe der Haare drumherum?", erklärte er. „Meine Muschi hat doch Haare?"

Da die Frage danach klang, als erwarte er ein Ja, sagte ich schnell:„Ja natürlich."

„Also gut, welche?"

Ich wunderte mich, dass er noch keine Farbe dort hat erblicken können, wo er statt einer Muschi nur einen gezeichneten Weihnachtsmannsack sah. Noch mit meinem Bolzen kämpfend, sagte ich, um ihm einen Gefallen zu tun:„Sie hat die Farbe deiner Lieblingsblume".

„Ah, zartrosa mit rotem Rand... Apart", sagte er, um kurz darauf zu fragen:„Warum haben Muschis Haare?"

„Keine Ahnung", gestand ich.

„Aber irgendeinen Zweck müssen sie doch haben?", insistierte er.

„Sie haben keinen Zweck. Die Muschis lassen sie aus reiner Geilheit wachsen."

„Je mehr, desto geiler sind sie?", hakte er nach.

Ich hatte meinen Bolzen nun fast unter Kontrolle und wollte mich nicht länger stören lassen. „Ich weiß nicht. Ich habe nur so dahergeredet. Wie du siehst, bin ich mit wichtigeren Dingen beschäftigt."

„Mit wichtigeren Dingen?", wiederholte er. Er sah mich an, als sei ich der lang ersehnte Weihnachtsmann und hätte statt des Gameboys nur harte Nüsse im Sack.

„Du sprichst wie alle großen Leute."

Er wirkte sehr aufgebracht. Dann hielt er mir folgende Moralpredigt:

„Ich bin erst kurz auf eurem Planeten, aber habe schon viel über die Menschen gelernt. Und ich kann dir sagen, dass sie viele spinnerte Dinge wichtiger nehmen als Muschis.

Wie viel Zeitaufwand und Erfindungsgabe stecken in Maschinen, Computern, Autos, Flugzeugen,

Teilchenbeschleunigern und Mars-Expeditionen? Die Fachleute beschäftigen sich so intensiv damit, dass sie jede Schraube in der Maschine, jeden Transistor und Schaltkreis, jeden Fahrzeugtyp bis zum Motorengeräusch, jedes Kabel im Flugzeugrumpf und jede Flugroute, jedes Elementarteilchen und seinen Weg, jeden Bestandteil der Marsatmosphäre besser kennen als die Intimzone und innersten sexuellen Wünsche ihrer Partnerin. Wie kann man nur acht bis zehn Stunden am Tag mit 'Arbeiten' verplempern? Frage sie, mit wie viel Einsatz sie ihre Arbeit tun und mit welchem Aufwand sie sich um eine Muschi kümmern, so kommt man auf eine ziemlich große Diskrepanz zuungunsten ihrer Partnerin.

Andere beschäftigen sich nur damit, Handel zu treiben, Produkte herzustellen und Profite zu machen. Sie sitzen in stickigen Büros und zählen Waren- und Lagerbestände, Zu- und Abgänge, sowie Ausgaben, Umsätze, Einnahmen, Gewinne, Steuern, überprüfen alles zehnmal, transferieren Werte, investieren, überweisen von Hick nach Hack, verschieben von Cum bis Ex, bis keiner mehr weiß, welche Zahl die wirkliche ist. Sie leben in einer monetären Parallelwelt wie andere in den Romanwelten von Frau Pilcher. Und dann frage sie, wie viel Mühe sie in die klitorale Zärtlichkeit investieren und du wirst sehen, dass sie eher den fehlenden Pfennigbetrag in einer Bilanz, die hinterzogene Steuerschuld finden als den G-Punkt ihrer Partnerin. Ein Leben in Zahlen statt in Liebe.

Und das Schlimmste ist, dass nicht nur Zeit mit solchen absurden Handlungen verschwendet, sondern auch für unmenschliche Ziele missbraucht wird.

Mit wie viel Aufwand und Know-how werden Kriege vorbereitet und durchgeführt? Wie viel menschliche Erfindungsgabe steckt in Tötungsmaschinen und Kriegsstrategien? Wie viel Organisationstalent, Einsatzwille und Durchhaltevermögen in Militäraktionen? Und das

Resultat? Vergewaltigte Muschis, verkrüppelte Überlebende, traumatisierte Kriegsopfer und massenhaft Tote auf allen Seiten. Alles, weil man keine Liebe in sich trägt, weil man nicht einmal zu einer einzigen Muschi liebevoll sein kann. Es beginnt alles im Kleinen.

Wenn die Menschen all die Zeit, die bei diesen technischen, wirtschaftlichen und zerstörerischen Tätigkeiten draufgeht, nutzen würden, um sich dem Thema ‚Muschi' zu widmen und sich liebevoll um die Muschi ihrer Freundin, Schwester, Geliebten oder Ehefrau kümmern würden, dann wären nicht nur die Frauen zufriedener, sondern sähe die Welt auch um ein vielfaches freundlicher, friedlicher und lebenswerter aus.

Aber die großen Leute verfallen in fixe Ideen, wahnhafte Beschäftigungen und lebensfremde Ideologien; und verkennen die Kraft der Liebe. Weil alles andere wichtiger ist als eine Muschi. Selbst ein kaputtes Flugzeugrad."

Er redete sich in Rage und ich hatte schon Angst, er würde explodieren, aber dann -nach getaner Ansprache- holte er schnell seine Zeichnung heraus und blickte darauf, bis er sich wieder im Griff hatte.

Ich vermochte nichts zu sagen, hatte aber das Gefühl, dass der kleine Pimpf irgendwie nicht Unrecht hatte.

5.

Er musste ein sehr trübsinniges Leben geführt haben auf seinem Planeten. So ganz allein. Ohne Mutter und Vater.

Ich mochte mir nicht seine Geburt vorstellen. Herausgepresst von einer nicht-existenten Mutter, in Empfang genommen von einer nicht-existenten Hebamme in einem nicht-existenten Krankenhaus… Keinen Klaps auf den Po gekriegt zu haben, von keiner Brust genährt worden zu sein, nie eine Windel gewechselt bekommen zu haben, und von keinem

Schulschläger malträtiert worden zu sein. Wobei mir persönlich die Brust und die frischen Windeln am meisten gefehlt hätten.

Seine einzige Freude -so gestand er- seien in stillen, traurigen Momenten seine verwandelten Elfmeter mit den zwei intakten Bällen auf das Tor, das er durch Affenbrotbaumstaudenhäufchen markierte.

Dies habe er schon einmal gemacht, bis sich seine Spielhälfte vierundzwanzig Mal auf die Nachtseite des Planeten gedreht hätte. Die Dunkelheit habe er dann aber beim fünfundzwanzigsten Mal schamlos ausgenutzt. Und das Resultat war, dass das Spiel wegen Foulspiels abgebrochen wurde. Eine rote Karte reicht ja, um dies zu erreichen.

Irgendwie ist er ein verrückter, kleiner Knilch.

„Komm, wir kicken ein paar Bälle", hatte er gesagt.

„Ich habe keinen Fußball an Bord", antwortete ich.

„Zeichne mir einen auf ein Stück Papier", bat er.

Ich gab mein Bestes und wir versuchen mit diesem Stück Papier einige Spielzüge. Das war irgendwie nicht dasselbe wie ein echter Ball.

Er fand auch ein Erklärung dafür:„Das liegt an der bi-dimensionalen, anemo-xenokinetischen Agravität des Papiers."

„Genau", sagte ich.

Schade. Das Kicken hätte ihm bestimmt gut getan.

6.

Bald darauf traktierte er mich mit weiteren Einzelheiten aus seinem Leben. Da es nicht viel gab auf seinem Planeten - außer drei Fußbällen ohne geeigneten Fußballplatz- hatte er als Hobby das Sprechen mit Blumen... na ja mit einer Blume, da sie die einzige war auf seinem Asteroiden außer Unkraut und Affenbrotbaumstauden, die er täglich ausreißen musste.

Sie war nicht nur von Natur aus die größte und rosigste Blume unter seinen Gewächsen, sondern hatte sich der herrschenden Mode folgend auch ihre Lippen aufspritzen und Brüste vergrößern lassen. Ja, mich hat diese Information auch gewundert, aber so sagte er.

Er wohnte ihrem Erblühen bei und war ganz verzaubert von ihrer Schönheit... nach der OP.

„Ach, bin ich nicht die schönste Blume auf deiner Wiese?", fragte sie ihn.

„Ja, und die einzige mit solchen Tüten...", bestätigte der kleine Pimpf.

„Möchtest du sie nicht ein bisschen begießen?", fragte die Blume hungrig.

„Gerne."

Und der kleine Pimpf holte etwas Wasser und goss... und er goss... dass die Blume Freude hatte.

Bald aber hatte die Blume ihn sehr mit ihrer Eitelkeit genervt. Immer nur „Sind meine Lippen nicht schön?" und „Habe ich keinen schönen schlanken Stängel?" und „Sind meine Brüste nicht schön rund?" zu hören, nervt irgendwann auch Pimpfe. Doch eines Tages blickte die Blume traurig an sich herab und sagte zum kleinen Pimpf:„Oh, sieh da. Ich habe einen Dorn da unten."

„Gut", meinte der Pimpf, „du bist eine Rose... Die haben Dornen."

„Aber ich bin eine weibliche Blume. Ich dürfte da keinen Dorn haben... Du hast da einen, weil du ein Junge bist."

„Vielleicht fällt deiner noch ab?", versuchte der Pimpf zu trösten und ahnte, dass er Unrecht hatte. Im Gegenteil wurde sein Dorn ab und zu sogar größer.

„Nein. Bestimmt brauch ich eine OP... eine Geschlechtsumwandlung."

„Aber auf meinem Planeten gibt es keine Chirurgen, die das können."

Das hätte der Pimpf nicht sagen sollen. Seit diesem Tag lag die Blume ihm in den Ohren mit ihrem „Problem" und rief unerträglich oft:„Ich will eine Muschi anstatt eines Dornes."

So hatte der kleine Pimpf rasch die Nerven verloren und hat versprochen, ihr das verlangte woanders zu besorgen.

Und da war er... auf der Erde.... bei mir in der Wüste...

Sollte ich ihm sagen, dass er -was den Umgang mit Muschis anbetrifft- in ein denkbar schlechtes Land gekommen ist? Sollte ich ihm erzählen, dass es in Afrika Landstriche gibt, in denen den Mädchen -aus religiösen Gründen- die Muschi durch Beschneiden verstümmelt und zugenäht wird?

Lieber nicht. Dass dabei Kinder verbluten, weil es von Laien ausgeführt wird? Abgesehen davon, dass es biologisch unnötig und nicht aus dem Koran, in welchem man den Grund dafür vermutet, abzuleiten ist? Und dass es andere, sogenannte „zivilisierte" Länder gibt, in denen tagtäglich zur „Unterhaltung" zig Gewalt- und Mordszenen im Fernsehen ohne Bedenken gezeigt werden, aber die Moralapostel

„Jugendgefährdung" schreien, wenn irgendwo von weitem für 2 Sekunden ein Schambereich durchblitzt? Absurde Moral. Vielleicht sollte ich ihn mit solchen Informationen nicht verschrecken. Man müsste schnell zu dem Ergebnis kommen:„Die spinnen, die Menschen."

„Ich hätte nicht auf sie hören sollen", gestand er mir. „Man darf den Blumen nicht zuhören, man muss sie anschauen und weghören. Das ist wie mit allen schönen Dingen. Auch mit Menschen. - Und um Himmels Willen darf man ihnen keine TV-Show geben. Dann reden sie Quatsch und zeigen, dass nicht fehlende Busengröße das Hauptproblem in ihrem Leben ist, sondern fehlendes Talent."

Als er so über das alles sprach, fielen mir drei Dinge eklatant auf: 1. Blumen haben gar keine Brüste zum Vergrößernlassen. 2. Blumen sind Pflanzen und können gar nicht sprechen. Und 3. Fehlendes Talent ist Voraussetzung für eine TV-Karriere.

Mein kleiner Freund war wirklich ein sehr seltsamer, bemitleidenswerter Knilch.

7.

Dennoch ließ er sich auf das Wagnis ein. Am Tag seiner Abreise brachte er seinen Planeten noch einmal in Ordnung. Er schrubbte die Toilette, richtete seine Teetassensammlung in der Vitrine, legte die drei Bälle je auf einen Elfmeterpunkt - wenigstens den Luxus dreier Elfmeterpunkte gönnte er sich-, rupfte das Unkraut, also die Affen, das Brot und die Bäume, und begab sich zu seiner Blume.

„Adieu", sagte der kleine Pimpf, „ich versuche jetzt einen geeigneten Chirurgen zu finden."

„Ja, das ist lieb", erwiderte die Blume und blickte herzzerreißend traurig auf ihren Dorn. „Das Ding ist mir wirklich ein Dorn im Auge." Aber eigentlich wollte der Pimpf nicht gehen.

„Vielleicht, wenn man es kompensiert?", sagte der Pimpf.

„Kompensiert?"

„Mit noch zwei weiteren Brüsten. Dann müsste ich nicht gehen…"

„Au ja, noch zwei Brüste mehr", freute sich die Blume. „Ich bin ja in dieser Hinsicht nicht auf die menschliche Anatomie beschränkt; - aber der Dorn muss weg. So ein hässliches, vertrocknetes Ding will ich nicht an mir haben."

„Also gut, dann muss ich gehen", sagte der Pimpf traurig.

„Na dann, husch husch", sagte die Blume und griff zum „Busenkatalog 2005" der Schönheitsfarm „Alles OK durch unsre OP".

8.

So begann der Pimpf seine Suche nach einem Chirurgen, der aus einem Dorn eine Muschi machen konnte. Er hatte sich schon umgehört und kannte die Namen Doktor Eisenbart, Doktor Faust und Doc Schneider. Also los.

Auf seiner Reise erlebte er folgende Abenteuer. Zuerst fiel er auf dem Planeten „Zonk" einem Herrscher direkt vor die Füße. Dieser freute sich schon:„Ah, sieh da, ein Untertan. Zeig mir mal deine Papiere."

„Meine Papiere?"

„Ja, damit ich sehen kann, ob du zu meinem Volk gehörst oder jemandes anderen Untertan bist."

„Was macht das aus?"

„Sehr viel. Gehörst du mir, habe ich gewisse Verfügungsrechte über dich, kann dich observieren, festnehmen, bestrafen, einsperren oder für meine kriegerischen Zwecke einspannen lassen. Gehörst du einem anderen Herrscher, gestaltet sich das schon viel schwieriger, und der andere kann sehr böse werden, wenn ich das tue, weil ich sein ausschließliches Recht, dich zu knechten, gebrochen habe. Ich will ja auch nicht, dass irgendein dahergelaufener Herrscher meine Untertanen anrührt. Also… die Papiere?"

„Ich habe keine, ich bin mein eigener Herr…"

Das machte den Herrscher herzhaft lachen.

„Ha ha, so was gibt's nicht. Nirgendwo im Universum. Wo nur zwei zusammenstehen, herrscht der eine über den anderen. Selbst in der Ehe. Und je mehr zusammenstehen, desto leichter ist die Beherrschung. Ein massenpsychologischer Effekt. So können wenige über eine große Gruppe herrschen, die ihnen folgt. Darum heißt die Masse der dumpf folgenden Menschen ja auch 'Volk'." Er lachte grölend ob seines vermeintlich gelungenen Wortspieles und gab dem Pimpf einen eilig gedruckten Notausweis.

„So, jetzt gehörst du mir. Du unterstehst meinen Gesetzen, meinen Sicherheitskräften, und nur meine Justiz darf dich verurteilen. Freust du dich, Untertan eines so wundervollen Herrschers zu sein?"

Die Freude des kleinen Pimpf hielt sich in Grenzen. Keine 3 Minuten zuvor war er noch Herr über sich selber und nun einer der unzähligen Untertanen irgendeines Lokalmatadoren, dessen Planet auch nicht gerade viel größer war als vier Fußballfelder.

„Kannst du mir nicht wenigstens die Vorzüge, dein Untertan zu sein, erläutern, sodass ich mich recht freuen kann?", fragte der Pimpf.

„Aber klar, neuer Bürger meines herrlichen Reiches. Im Universum gibt es viele Herrscher, die grausam und einschneidend die Rechte der einzelnen Untertanen beschränken, aber ich bin großzügig und freiheitsliebend. Ich garantiere dir z.B. das Recht, deine Meinung frei zu äußern, dich mit anderen zu versammeln, den Wohnort selbst zu bestimmen, deinen Glauben auszuleben und deine Arbeitsstelle zu wählen."

„Entschuldige, dass ich mal dumm frage", sagte der Pimpf. „Was soll das? Vor 3 Minuten -als ich noch kein Untertan war- besaß ich all das schon. Ohne dich! Wo ist der Gewinn, dass du mir das jetzt noch einmal garantierst?"

„Sagen wir's mal so. Der Gewinn, mein Untertan zu sein, ist, dass ich dir's nicht nehme. Eigentlich ist Herrschaft immer die Beschränkung aller Teilnehmer zum Nutzen der Herrschenden und Reichen, sie ist immer eine Art Vergewaltigung. Also kann ich mich nur dadurch von den grausamen anderen absetzen, indem ich dir weniger Rechte nehme als sie. Das ist der Grund, dich zu freuen."

„Hätte ich nicht mehr Grund, wenn ich Herr meiner selbst geblieben wäre?"

„Komm mir nicht mit Logik!", erzürnte sich der Herrscher. „Ich befehle dir, dich zu freuen."

„Aber wäre es nicht vernünftig, von jedem nur zu fordern, was er leisten kann?"

„Dummkopf. Autorität hat nichts mit Vernunft zu tun. Und Macht gleich dreimal nicht. Macht besteht gerade darin, durchsetzen zu können, was den Untertanen nicht behagt oder gar schadet.

Natürlich müssen wir dem Volk für jedes Opfer, für jede abverlangte Grausamkeit einen vernünftigen Grund basteln, aber das liegt bestimmt nicht daran, dass es vernunftbegabt ist und die Macht an sich auf Vernunft beruht. Und es reicht dem Volk oft als vernünftiger Grund die Hautfarbe, Religion, Nasenlänge oder eine dreiste Lüge. Es findet sich immer ein doofer Grund, den Menschen klarzumachen, warum es gut ist, andere Menschen zu töten. Menschen sind ja so leichtgläubig. Aber der wesentlichste Glaube ist der, dass es überhaupt Herrscher geben muss, und dass sie irgendjemandes Untertanen sein müssen."

„Ich soll mich also freuen darüber, dass ich durch dich von einem selbstbestimmten Herren mit allen angeborenen Menschenrechten zum Untertanen mit hoheitlich garantierten Rechten gemacht wurde?"

„Genau so ist es. Falls du das nicht schaffst, helfe ich gerne nach", erbot sich der Herrscher.

„Wie das?", fragte der Pimpf neugierig. „50 DM Begrüßungsgeld wären mir zu wenig."

„Ich meinte eine durchschlagendere Methode", erklärte der Herrscher ruhig. „Wenn du nicht nach meinen Spielregeln spielst, was ich dir als Missbrauch deiner Rechte auslege, habe ich *mir* schon das Recht eingeräumt, mich zu wehren, um meine Macht zu erhalten. Dann kann ich dich einsperren und foltern lassen."

„Ich dachte, du bist großzügig und freiheitsliebend? Wie passt die Folter dazu?"

„Böse Menschen darf man foltern... sag ich mal so. Und als böse verdächtigte Menschen muss man foltern, bis sie sich freuen."

„So mit Streckbank, glühenden Zangen und Eiserner Jungfrau?"

„Quatsch, das ist mittelalterlich. Ich bin doch zivilisiert. Ich sperre sie in ein karges Gefängnis, mache sie kriechen und bellen wie Tiere, lasse sie von scharfen Hunden anknurren, nackt auf kalten, harten Böden liegen, treten und schlagen, befehle ihnen zu masturbieren und ins Gesicht eines anderen Gefangenen zu wichsen, beleidige ihre religiösen Gefühle aufs Übelste und stapele einige nackt auf einen Haufen, um hübsche Urlaubsfotos davon für die Weltöffentlichkeit zu machen."

„Eine seltsame Art, Freude zu erwecken", murmelte der Pimpf.

„Die Art der Macht, Freude zu erwecken... um sie zu erhalten."

„Ist diese Art, Freude zu erwecken, nicht dasselbe, wie Angst und Schrecken zu verbreiten?", fragte der Pimpf mutig.

„Ich sagte schon einmal: komm mir nicht mit Logik...", warnte der Herrscher. „Auch gegen deine aufsässige Art von Vernunft hilft meine Art, Freude zu spenden. Du wärst nicht der erste, der Angesichts der Folter seine Meinung ändert, auch wenn er im Recht ist. Frag mal Galileo."

„Ich glaube, man kann mit dir nicht vernünftig reden; weil Vernunft nicht dein Ding ist, sondern Macht."

„Du kleine Ratte. Langsam bekomme ich Lust, mal wieder die Todesstrafe auszusprechen", drohte der Herrscher.

„Du fühlst dich durch meine Zwangseinbürgerung absolut als Herr über mein Leben?"

„Ja, natürlich. Du gehörst mir. Jeder Bürger meines Reiches gehört mir. Ob Reich oder Arm. Alle sind vor dem Gesetz gleich. Ich habe schon Präsidenten in den Kopf schießen lassen, du Wicht."

„Dann bist du auch verantwortlich, wenn das Leben in Armut und Elend verläuft?"

„Eigentlich schon, aber das höre ich nicht gern…"

„Entschuldige… aber nur damit ich's verstehe. Kurz zusammengefasst möchtest du, dass ich alle angeborenen Menschenrechte und Freiheiten aufgebe, um sie mir von einem Machtapparat, wenn er in gnädiger Stimmung ist, hinterher wieder zuerkennen zu lassen, unter dem Vorbehalt, dass er sie aufheben darf, wenn er es für richtig befindet? - Alles, weil ich sein Untertan bin?"

„Joooo", gestand der Herrscher mit tiefer Stimme.

„Welcher Idiot geht so einen Handel ein?", fragte der kleine Pimpf.

„Jeder! Denn jeder ist Untertan irgendeines Staates und tut nichts dagegen. Ich sagte schon, dass Menschen keine vernunftbegabten Wesen sind", grinste der Herrscher zufrieden.

In aller letzter Minute konnte der kleine Pimpf dem ganzen Drama der Einbürgerung entgehen, indem er so tat, als sei er ein Wirtschaftsflüchtling, der Asyl beantragen wollte; - immerhin war er ja ein Außerirdischer, also schon eine deutliche Stufe mehr als ein Ausländer.

Nach kurzer Überprüfung seiner Haarfarbe und Nasenlänge wurde der Antrag auf Asyl abgelehnt und er des Planeten verwiesen. - Glück gehabt!

9.

Der Planet, auf den er abgeschoben wurde, war von einem sehr unförmigen, kaum mehr menschenähnlichem Wesen bewohnt.

Es hatte breite Schultern, muskulöse Arme, eine riesige Oberweite, eine durch Korsetts eingeschnürte Resttaille, einen prallen Po, starke Oberschenkel, kräftige Unterschenkel und winzige Füße. Unter all der Schminke im Gesicht erahnte man viele chirurgische Eingriffe, die dem ganzen Gesicht etwas Groteskes gaben. Seine Augen waren groß aufgerissen, seine Nase puppenhaft klein, seine Schlauchbootlippen rot angemalt und die Falten satt unterspritzt, sodass das Gesicht aussah wie kurz vor dem Bersten.

Es hatte in der ganzen Umgebung Wegweiser zu seinem Domizil und in dem Zimmer rings um sich herum Spiegel in allen Größen aufgestellt.

„Ah, einer meiner Fans", begrüßte es den kleinen Pimpf.

Es sprühte sich mit einem Zerstäuber Wasser in die Augen und schaute in den Spiegel rechts.

„Na ja… Fan? Wer bist du denn?", fragte der Pimpf.

„Ich bin die wiedergeborene Nofretete, das ultimative, schönste Wesen des Universums. Erfreue dich an meinem Anblick und staune über die Kreativität der Natur."

„Natur?", wiederholte der Pimpf zweifelnd, und er glaubte sich am Ziel seiner Suche. Wer aus einem Menschen dieses Monster hat machen können, wird auch eine Muschi da hinzaubern können, wo jetzt noch ein Dorn ist.

„Hier hast du ein Autogramm", sagte das Wesen, ohne den Blick von seinem Spiegelbild abzuwenden.

„Schon mal was von Selbstüberschätzung gehört?", fragte der Pimpf leise.

„Wertschätzung", wiederholte das Wesen in seiner Art, nur zu hören, was es über sich hören will. „Ja, die erfahre ich alle Tage. Fans pilgern in Scharen zu mir und dürfen meine pedikürten und lackierten Zehen küssen."

Der Pimpf sah sich um und bemerkte, dass er allein war. „Ja, hoffentlich werde ich nicht totgetreten", sagte der Pimpf. „Eine sehr seltsame Art der Ehrerbietung… Zehen küssen."

„Nein, angemessen. Ich hab's aus dem Buch der Bücher."

Der kleine Pimpf konnte sich nicht erinnern, dass dort Zehen geküsst würden. Manchmal werden lediglich fremder Leuts Füße gewaschen.

„Das steht in der Bibel?", fragte er sicherheitshalber nach.

„Quatsch. Ich rede von meinem Tagebuch, in dem sich alle Gäste verewigen… mit den Teilen, die ich ihnen erlaubt habe zu küssen."

„Dann ist der Zeh nicht die einzige Form der Ehrerbietung?"

„Ja natürlich nicht. Manche haben sich schon hochgeküsst bis in meine mit Goldgeschmeide geschmückte Analzone."

„Das stell' ich mir lieber nicht vor…", sagte der Pimpf leise.

„Hab ich nicht zwei göttliche Brüste? So prächtig, als hätten *sie* die Milchstraße erzeugt", fragte das Wesen. „Du darfst sie ruhig lobpreisen."

„Brüste? Das sind keine Brüste", setzte der Pimpf an und erklärte bereitwillig: „Sagen wir mal so: Wenn du einen Luftballon mit Sprühsahne ummantelst, dann hast du auch noch keine Sahnetorte."

„Oh ja, Sahnetorte… ein schöner Vergleich."

Das Wesen sprühte sich wieder Wasser in die Augen und fragte:„Willst du ein Autogramm?"

„Ich hab' schon eins."

„Zwei sind besser als eins", belehrte ihn das Wesen und reichte ihm ein weiteres. „Du kannst es im ganzen

Universum gegen andere Wertsachen tauschen. Es ist so gut wie Geld."

Das Wesen klatschte in die Hände und zwei orientalisch gekleidete Lakaien kamen und drehten es mit viel Sorgfalt, damit die Taille nicht bräche und die Implantate nicht verrutschten, auf die andere Seite. Dieser neue Anblick in einem der Spiegel ließ dem unförmigen Wesen, das glaubte, irgendeine Ähnlichkeit mit Nofretete (oder einer menschlichen Frau) zu besitzen, einen bewundernden Seufzer entfahren. Die Lakaien verschwanden. Das Wesen holte sein Smartphone aus dem Dekolleté und machte ein Selfi.

„Neue Stellung", erklärte sie, „für meine Fans auf Instagramm. - Willst du ein Selfi mit mir?"

„Nein, danke... Bin auf dem Sprung..."

An dem verstümmelten Körper erkannte der Pimpf nun, dass es keinen Sinn machte, dieses Wesen nach einem *guten* Chirurgen zu fragen. Wahrscheinlich war ihr Operateur ein Nachfahre des berühmten Frankenstein.

Als das Wesen, das eine bemitleidenswerte Karikatur der menschlichen Anatomie war, den kleinen Pimpf angesichts seiner lähmenden Schönheit schon fast vergessen hatte, wollte dieser sich schon von dannen stehlen, aber dank der Spiegel erheischte es doch seine Bewegung.

„Ah, hallo... ein Fan", sagte es.

„Ich bin derselbe von gera...", wollte der Pimpf aufklären.

Aber das Wesen fuhr fort: „Tritt heran und küss meinen großen Zeh, du kleiner blonder Engel."

„Die Spiegel verwirren dich. Ich bin der, der schon..."

„Ah, meine Schönheit verwirrt dich... Welchen Körperteil findest du am schönsten?", fragte das selbstverliebte Wesen. „Willst du ein Selfi mit mir?"

Es blickte wieder in den Spiegel und sprühte sich Wasser in die Augen.

Nicht auf ihre Frage oder ihren Wunsch des Zeh-Küssens eingehend, fragte der Pimpf nun aber voller Interesse, was das mit dem Wasserzerstäuber soll.

Das Wesen erklärte, es habe sich die Augen zum vierten Mal operieren lassen, dabei seien die Augen aber auf so kulleräugig getrimmt worden, dass es sie nicht mehr schließen könne und nun -statt zu blinzeln- mit Wasser von außen feucht halten müsse. Leider erfuhr der Pimpf auch noch detailliert von seiner fünften Fettabsaugung, seiner vierten Busenvergrößerung -bei der fast alles schief gegangen wäre (als wären pralle Medizinballbusen in Doppel-H nicht schon ein Unfall)-, von seiner dreihundertzehnten Botoxeinspritzung in die Stirn, seinem dritten Facelifting, seiner achten Lippenaufspritzung und sechsten Jungfernhäutchenwiederherstellung.

Als das unförmige Wesen, das der Pimpf langsam -wie damals den Elefantenmenschen im Film- zu bedauern begann, ihm auch noch Anekdoten aus seinem Buch der Bücher vorlesen wollte, welcher Herr wann und wie lange seine Aufwartung machte, wie viel Autogramme erhielt und welchen Körperteil küssen durfte, schlich sich der neue Fan aus dem Spiegelsaal.

In dem Buch hieß es dann:„Zwei unbekannte blonde Fans um die 8 Jahre machten nacheinander Aufwartung und einer erhielt Autogramme. Hatten beide nicht einmal ein Handy für ein Selfi dabei. Durften keinen meiner Zehen küssen."

10.

Den nächsten Planeten bewohnte ein Säufer. Er hielt sich an einem Tresen fest und hatte die leeren Flaschen einfach hinter sich geworfen. Von vorn bekam er Nachschub. Er war sehr fröhlich und grölte:„Aaaaisgeküühlter Bommerlunder, Bommerlunder…"

Betrunkene Menschen sind meistens fröhlich, was beweist, dass eigentlich das klare Denken und die ungetrübte Welterkenntnis Feinde der Lebensfreude sind. Vielleicht war Schopenhauer deshalb so mies drauf. Nicht genug gesoffen.

„Noch einen auf die Regierung", grölte er.

„Du trinkst auf deine Regierung?", fragte der Pimpf erstaunt.

„Natürlich. Sie gibt mir am Abend die Möglichkeit, mich zu besaufen."

„Wie das?"

„An jeder Ecke kriege ich meinen Muntermacher. Mann, wär ich angeschissen, wenn Alkohol eine illegale Droge wäre…"

„Und du meinst, das sei keine Droge?"

„Nee, sonst würde der Staat das doch nicht erlauben. An jedem Glas verdient er sogar mit. Was ich hier mache, ist reinste Staatsförderung."

„Aber du machst dich dadurch krank… auf die Dauer. Das kann der Staat doch nicht wollen."

„Sieh's mal so, der Staat nimmt dadurch Steuern ein, die entstehenden Gesundheitskosten zahlen wir Bürger selber durch die Krankenversicherungsabgaben, und letzten Endes erhalte ich vielen Menschen die Arbeitsplätze: Wirten, Bierbrauern, Schnapsbrennern, Kioskinhabern, LKW-Fahrern, sowie Ärzten, Krankenschwestern, Polizisten und all den Leuten, die das reparieren, was ich im besoffenen Kopp kaputtgemacht habe."

„Beschämt dich das nicht, dass dich dein Staat so leicht hat süchtig werden lassen?", wollte der kleine Pimpf wissen.

„Nein. Er hat Gewinn, ich bin fröhlich, alle sind glücklich... Und manchmal spart er dadurch auch die Rente... ich sach nur: Leberschaden. Also doppelter Gewinn: erst durch die Versteuerung, dann durch ein sozialverträgliches Frühableben meinerseits... Komm, trink doch einen mit..."

So fröhlich stimmte das alles den Pimpf nicht, dass er gut

hätte eine Flasche Wodka gebrauchen können, um seinen Frust wegzutrinken, aber er musste klar bleiben auf seiner Suche, damit er nicht an den falschen Chirurgen geriete, der ihm ein Leberfleck für eine Brustwarze vormachte.

11.

Der vierte Planet war der des Geschäftsmannes. Mitten im Chefzimmer tauchte der Pimpf plötzlich auf.

„Ah, wieder ein Bewerber... Auf welche Stelle?"

„Wie? Auf welche Stelle?"

„Um welche Stelle bewirbst du dich?"

„Um keine. Ich möchte nicht arbeiten."

„Auch das noch. Ein Arbeitsverweigerer... ein Sozialschmarotzer. Verdammte Brut."

„Also gut, welche Stelle hätten Sie denn für mich?"

„Welche Qualifikationen hast du denn?"

„Ich kann Stauden ausreißen und mit Blumen sprechen."

„Das zählt gar nichts. Damit bekommst du höchstens einen Hilfsarbeiterjob oder wirst Moderator bei SAT1."

„Arbeiten liegt mir eh nicht. Man bekommt ja doch nicht das, was man verdient."

„Natürlich nicht, Schlauberger! Sonst hätte ich ja gar keinen Gewinn. Wenn du die Hälfte kriegst, kannste froh sein."

„Nur die Hälfte von dem, was ich an Wert erarbeite, zu bekommen, ist ungerecht. Sie bekommen ja auch nicht nur die Hälfte vom angesetzten Verkaufspreis."

„Das ist nun mal so. Seit 220 Jahren machen wir das alle so auf diesem Planeten und noch keiner hat sich darüber beschwert... bis auf ein paar rote Horden."

„Rote Horden? Ausgerechtet die Indianer?"

„Nein, sogenannte ‚Marxisten'. Die glauben wirklich, das den Arbeitern zusteht, was sie erarbeiten."

„Das tut es nicht?"

„Nein, wir haben uns per Gesellschaftsvertrag geeinigt, dass die Unternehmer sich an der arbeitenden Masse bereichern, und in Gesetzen genau definiert, wie das vonstattengehen soll. Ich sehe nicht, dass die Arbeiter dagegen aufmucken, sondern eher, dass sie diese Form der Arbeit suchen..."

„Vielleicht weil es keine andere Form gibt?"

„Natürlich könnte man das ändern, aber..."

Da stürmte plötzlich ein übereifrig, fahrig wirkender Mitarbeiter herein und sagte zum Chef:„Die Arbeiterinnen in unseren asiatischen Zulieferbetrieben streiken für bessere Arbeitsbedingungen. Die Betriebe können nicht mehr liefern..."

„Was fordern sie denn?", wollte der Pimpf wissen.

„So'n Schnickschnack wie saubere Luftzufuhr, bezahlte Überstunden und Arbeitsbefreiung bei Krankheit und Schwangerschaft... - Chef, wer ist denn der Knirps?"

„Egal, hören Sie Ackermann, wenn's um einen Cent teurer wird, kaufen wir eben woanders und die Weiber dort können wieder auf den Straßenstrich gehen..."

„Ja, mein Füh... äh, Herr Geschäftsführer".

Damit verschwand der Scherge dienstbeflissen.

„Diese Arbeiterinnen kriegen wohl noch weniger als die Hälfte von dem, was sie an Wert schaffen?", fragte der kleine Pimpf.

„Ja. Je weniger Ausgaben wir haben, desto mehr Gewinn für uns Unternehmer. Rohstoffe werden bei dem steigenden Weltverbrauch zusehens teurer, also bleibt uns nur, die Lohnkosten zu senken, um zu sparen, oder Leute zu entlassen und die Verbleibenden härter ranzunehmen. Das Ziel unserer Mühe ist eine möglichst hohe Zahl auf unserer Habenseite. Dafür leben wir."

„Und dafür leiden die anderen, weil die meisten in diesem System Verlierer sind...", murmelte der Pimpf betroffen.

„Natürlich haben die ‚Verlierer', also die Natur, die Arbeiter und alle Zukurzgekommenen, unser volles Mitgefühl. Aber es ist nun einmal wie in der Lotterie. Damit ein paar wenige den Jackpot holen, müssen alle anderen einzahlen und nichts davon haben. Eigentlich ist unsere Welt nur eine Art Gewinnspiel." Nach kurzer Überlegung fügte er hinzu:„Nur mit dem Unterschied, dass mit jedem Gewinn die Chancen steigen, erneut zu gewinnen. Der Teufel scheißt immer auf den größten Haufen."

„Schön gesagt", gestand der Pimpf. „Aber ist die Anhäufung von Geld die soziale Ungerechtigkeit und kriegerischen Auseinandersetzungen wirklich wert?"

„Geld ist jedes Opfer wert. Es ist herrlich, reich zu sein! Hat nicht unser Dichter gesagt ‚Am Gelde hängt, zum Gelde drängt doch alles'?"

Der kleine Pimpf hatte das Zitat zwar anders im Ohr, aber es klang sehr wahr, so wie es der Geschäftsmann sagte.

„Unter diesen Bedingungen möchte ich lieber nicht arbeiten gehen", sagte der Pimpf.

„Tja, hast du Besitz, den du veräußern kannst?", fragte der Geschäftsmann.

„Einen Asteroiden, 3 Fußbälle, von denen einer kaputt ist, ausgerissene Affenbrotbaumstauden und eine Blume mit falschen Brüsten."

„Das ist nicht gerade viel… und nicht gerade wertvoll."

„Oh… und diese zwei Autogrammkarten."

„Willst du mich verarschen?", fragte der Geschäftsmann, nahm sie ihm aus der Hand, zerknüllte sie und warf sie in den Papierkorb. „Begreifst du nicht? Nur wer Besitz hat, braucht nicht zu arbeiten. Ich besitze eine Fabrik, Grund und Boden, Immobilien und Privatvermögen. Ich könnte Besitz verkaufen, um zu leben, oder meine Fabrik nutzen, etwas produzieren zu lassen, was mir Geld einbringt; - was ich ja tue. DU -ehrlich gesagt- hast einen Scheißdreck."

„Hey", erboste sich der Pimpf, „meine Blume hat herrliche Brüste… nur leider keine Muschi."

„Mag ja sein. Aber um auf diesem Planeten zu leben, brauchst du Geld, und du hast nichts von alledem, was ich habe, um es zu bekommen. Ich befürchte, dir bleibt nur, das einzige zu verkaufen, was du besitzt."

„Was soll das sein?"

„Deine Arbeitskraft. Du hast doch sonst nichts - nur dich. DAS ist der Gesellschaftsvertrag: ihr Habenichtse verkauft eure Kraft und wir Besitzenden nutzen sie, um unseren Besitz zu erhalten und womöglich -und das ist der eigentliche Sinn- zu vermehren. Mehr Profit, mehr Besitz ist der ganze Sinn dieses Vertrages. Leider habt ihr dazu keine Chance, weil ihr von Anfang an nichts außer euch selber besitzt."

„Ziemlich ungerecht... Dann sollten wir euren Besitz einfach an alle verteilen."

„Da ist das Gesetz vor, du Knilch. Schon mal was von ‚Privateigentum' gehört? Welch engelsgleicher Klang in meinen Ohren", sinnierte er und wiederholte langsam bedächtig und andächtig: „P r i v a t e i g e n t u m."

„Aber ist die gesetzlich verankerte Bereicherung an der arbeitenden Masse nicht eine Art gesellschaftlich organisierter Diebstahl?"

„Laut Gesetz nicht, philosophisch sicherlich. Aber wen kümmert das schon, außer ein paar rauschebärtige Philosophen, auf die keiner hört?"

„Mich!", sagte der Pimpf fest, und eine Erkenntnis schoss ihm durch den Geist:„Wenn so also das Gesetz ist... und jedes Gesetz ist von Menschen gemacht. - Lasst mich raten: IHR habt diese Gesetze diktiert?"

„Haha, ja du Schlauberger", grölte der Geschäftsmann und lachte aus vollem Halse. Und scherzend fügte er hinzu:„Jetzt hast du mich aber erwischt... Natürlich ist die Politik in erster Linie die Exekutive der Wirtschaftsform."

„Ihr macht per Gesetz aus Ungerechtigkeit einen gesellschaftlichen Normalzustand und aus der Auflehnung dagegen ein Verbrechen... Das nenne ich teuflisch."

„Nein, das nenn' ich genial." Und er lachte, dass er fast platzte.

„Ich verrate dir ein offenes Geheimnis, das keiner wahrhaben will: Der Kapitalismus ist wie Kuhfladen mit Sahnehäubchen. Wenn du von oben kommst, ist es süß; aber unten sitzt du in der Scheiße."

Und er lachte und freute sich, dass er reich war.

Das ganze System gefiel dem kleinen Pimpf nicht und er hoffte, dass er nie in die Lage kommen würde, seine Arbeitskraft einem Halblohnzahler verkaufen zu müssen. Zum Glück bekam er als Außerirdischer keine Arbeitsgenehmigung und konnte so seine Suche fortsetzen.

12.

Kaum dem Arbeitslager entronnen fand er sich auf einem Planeten wieder, der vielversprechend aussah. Die Leute flanierten durch die Stadt, versammelten sich, lachten, tranken, schwoften und übergaben sich hernach. Bars und Etablissements warben mit gezeichneten Schönheiten auf ihren Leuchtreklamen und mit Bildern, auf denen laszive Damen seltsame Tänze aufführten. Plakate allenthalben warben für alltägliche Dinge mit perfekt aussehenden Frauen oder auch nur den wichtigen Teilen von ihnen. Viele Passantinnen wirkten selber anatomisch stark modifiziert. All diese lustvolle Freiheitlichkeit gefiel dem Pimpf, da er dachte, dass er dort leicht einen Chirurgen für seine Blume finden würde.

„Gute Frau, wie heißt Ihr Chirurg", fragte der Pimpf unbesonnen. Kein so guter Einstieg in eine Unterhaltung mit einer Fremden. Auch wenn sie den Chirurgbesuch augenscheinlich nicht verleugnen konnte. Zweimal fing er sich eine Ohrfeige.

Also änderte er seine Ausdrucksweise und versuchte es bei denen, die nicht zielstrebig unterwegs waren, sondern an der Straße auf ein Taxi zu warten schienen.

„Guten Tag, schönes Fräulein, darf ich wagen... nach Ihrem Operateur zu fragen?"

„Bin weder Fräulein, weder schön... 30 Blasen, 50 Alles."

Bei 30 Blasen, dachte der Pimpf, sollte die schleunigst zum Arzt. Das tut weh. Er kramte in seinen Taschen, ob er nicht noch eine Salbe irgendwo hätte, fand aber außer einem Feuerzeug, einem Radiergummi und einer Tüte Blumensamen, also Dingen, aus denen MacGyver noch etwas Geniales hätte basteln können, nichts.

„Ach ja... kein Geld, Kleiner, was? Nee, aus Mitleid gibt's bei mir nix. Oder glaubst du, ich nehme zum Spaß Schwänze in der Mund..." Sie hielt ihn wohl für erwachsen, also einen Kleinwüchsigen. Jetzt dämmerte es dem Pimpf, dass es hier um ein Missverständnis ging. Hatte er nicht bei Bukowski von solchen Frauen gelesen? Huren? Sie schaute ihn genauer an und bemerkte endlich, dass er ein Kind war.

„Bist du nicht ein bisschen jung dafür...?"

„Nein, ich bin ein bisschen zu nett dafür. Ich würde nie..."

Sie lächelte und strich ihm durch die Haare.

„Entschuldigung", begann er wissbegierig, „wie konnte es in einem so reichen Land mit diesem Schulsystem dazu kommen, dass sie keine bessere Arbeit finden?"

„Werden nicht alle gleich behandelt... Das soziale Gefälle erzeugt immer einen Bodensatz, den die Reicheren nutzen können, um für Geld alles zu bekommen, was sie wünschen. Geld sei Dank! Und was haben Männer lieber als Frauen, die ihnen -aus welchem Grund auch immer- zu willen sind? Die Welt ist voller Kachelmänner, Friedmänner und Weinsteins."

„Also voller polyamouröser Betrüger, koksender Freier und arroganter Vergewaltiger?"

„Es ist eine 90-prozentige Männerwelt geworden. Und seien wir mal ehrlich: wir haben verloren. Wir machen die ganze Drecksarbeit, werden schlechter bezahlt, kommen kaum in hohe Positionen, werden zudem noch belästigt und hängen überall als halbnackter Blickfang auf Werbeplakaten. Es gibt Pink Tax und die internationalen Pop-Diven geben das Schlampen-Image an unsere Jugend weiter. Das einzige, das sie uns gelassen haben, ist die Möglichkeit, uns hochzuschlafen und die Beine breit zu machen für Geld."

„Warum, glaubst du, haben Männer das gemacht?", wollte der Pimpf wissen.

„Wahrscheinlich Minderwertigkeitskomplexe: sie sind im Inneren arme Würstchen. Sie ahnen, dass sie nicht liebenswert sind, und schaffen sich so eine Möglichkeit, körperliche Nähe auszuleben und gleichzeitig Überlegenheit zu fühlen. Das ist so ihr Ding. Dabei ist ihr Lebensmodel Wettbewerb und Kampf. Liebe kommt erst weit dahinter – wenn überhaupt."

Sollte der Pimpf von seiner Liebe zu Muschis und ihren Trägerinnen reden? Hätte das irgendetwas Tröstendes gebracht, angesichts der Tragweite der Männerherrschaft, die sich bis runter in die Existenz dieser Hure zeigte? Er entschied zu schweigen. Nichts, was ein schlechter Mann verbockt hat, kann ein guter Junge wieder richten. Welcher Philosoph hatte noch mal gesagt: „Männer und Frauen passen einfach nicht zusammen"?

„Gab's da nicht… so'ne Frauenbewegung…?"

„Jaja… Die Pille, öffentliche Nacktheit, sexuelle Revolution, sexuelle Freiheit. Alles Quatsch… Hat nur dazu geführt, dass wir jetzt aus freien Stücken und mit eigener Lust den Männern zur Verfügung stehen sollen. Wir werden immer noch betrogen, verarscht, belästigt und sitzen gelassen. Nur hatten wir jetzt zwischendurch auch Spaß am Sex. Das ist der ganze Unterschied."

„Das tut mir alles sehr leid", sagte der Pimpf betrübt.

„Ach... du Junge kannst nix dafür. Aber mach' es besser."

„Versprochen..."

Abgestoßen von den Männern auf dieser Welt, verließ er den Ort des Schreckens... Nur um noch schlimmere zu finden.

13.

Auf dem nächsten Planeten traf er auf eine griesgrämige Frau, deren Mundwinkel gut einen Chirurgen hätten gebrauchen können, so tief wie die gingen. Kaum erschien der Pimpf mit seinem andersartigen Aussehen vor ihr, begrüßte sie ihn herzlich und klatschte freudig in die Hände.

„Herzlich willkommen", ächzte sie. „Nun bist du in Sicherheit..."

„Ja, ein Glück. Die Männer auf dem anderen Planeten haben es wirklich verbockt."

„Hier ist dein Formular..."

„Wofür?"

„Für deinen Asylantrag."

Der Pimpf war etwas verwirrt.

„Ich weiß nicht, ob ich extra Asyl brauche auf der Suche nach einem Chirurgen."

„Ach, ist doch egal...", sagte die Frau, „alles rein... nichts raus. So wie damals, als ich die Grenzen nicht schließen ließ."

Der Pimpf dachte kurz nach, an seinen Staatskundeunterricht und fragte: „Definiert sich ein Staat nicht über seine Grenzen? Und wenn die irrelevant werden, ist der Staat dann… nicht in Gefahr?"

„Mag sein, mag sein, aber ich als Königin bestimme ja, wann wir ein Staat sein wollen und wann nicht."

Der Pimpf war noch verwirrter, da er glaubte, in einer lupenreinen Demokratie gelandet zu sein, und bat um Erklärung.

„Na ja, es ist so! Wenn wir den Terrorismus bekämpfen, um unsere Bürger zu schützen, dann beschneiden wir ihnen die Grundrechte – meine Entscheidung. Das Volk wird nicht gefragt. Wenn wir aber fremde Menschen ohne Pass und Kontrolle von einem sicheren Drittstaat, nämlich Österreich, ins Land lassen, dann verstoßen wir zwar gegen das Grundgesetz und so'n irisches Abkommen, aber es ist… auch meine Entscheidung. La loi, c'est moi!" Mit kindischer Freude bemerkte sie die völlige Unsinnigkeit ihrer „Argumentation" und kicherte einmal. „Willst du ein Selfi mit mir?"

Der Pimpf schüttete den Kopf.

„Aber sollte in einer Demokratie nicht das Volk entscheiden, was mit dem Land passiert?", fragte er ganz blauäugig.

„Ach wo, es ist wie schon bei Einführung der Demokratie in den USA. Da wurde auch so verfahren, dass nur die bestimmen durften, die das Land auch besaßen, also die reichen Eigentümer. Wohl in Geschichte nicht aufgepasst?"

„Warum nennt man das dann Demokratie?", wollte der Pimpf wissen.

„Das ist ja das Schöne an der Vorspiegelung von Demokratie. Man kann dem Volk nachher immer sagen, es sei ja selber schuld. Weil es ja selber durch die Wahl die Regierung bestimmt hat." Sie kicherte und ihre Hände formten eine Raute. „Auch mich... irgendwie..."

„Aber Sie täuschen es!"

„Natürlich. Man kann nicht davon ausgehen, dass das, was man vor der Wahl sagte, auch nach der Wahl gilt..."

„Und der demokratische Diskurs, um zu gemeinsam erarbeiteten und getragenen Entscheidungen zu kommen...?"

„Wenn wir alles mit dem Volk absprechen würden, könnten wir ja gar nicht alles machen, was wir wollen", konstatierte sie lakonisch.

Der Pimpf begriff schnell, dass er das Wesen der Demokratie noch nicht richtig durchdrungen hatte, oder einfach zu idealistisch an die Sache herangegangen war. Aber das war auch gar nicht sein Thema.

„Wie ist es mit guten Chirurgen im Land?", fragte er endlich.

„Gerne. Alle rein... keiner raus... Hier dein Asylantragsformular..."

Nein, von Monarchien hatte der Pimpf schon genug, und von so heuchlerischen Monarchien gar erst recht; und er trat einen Schritt zurück hinter die Grenze und verschwand somit im Ausland.

14.

Auf dem nächsten Planeten befand sich ein Mann, der an einer Kreuzung stand und „Rechts vor links" rief, obwohl niemand sonst auf den Straßen, geschweige denn auf dem Planeten zu sehen war.

„Guten Tag", sagte der Pimpf zu dem Mann.

„Rechts vor links" rief der Mann, im Tonfall, als wollte er damit eine Ware anbieten.

Der Pimpf konnte mit dieser Anweisung nichts anfangen und blieb gelassen in der Nähe des Mannes stehen.

„Rechts vor links", wiederholte der Mann. „Danke", so als wäre der Pimpf der Anweisung nachgekommen.

„Was machst du hier, guter Mann?", fragte der Pimpf interessiert.

„Ich verkünde Anweisungen."

„Ach so. Und warum?"

„Damit sie befolgt werden."

„Ah, das ist schön", murmelte der Pimpf.

„Den Müll trennen", rief der Mann plötzlich.

Der Pimpf fühlte sich nicht angesprochen, da er gar keinen Müll bei sich hatte, aber er fragte einfach mal:„Wer gibt die Anweisung, die du verkündest?"

„Der Gesetzgeber", antwortete der Mann. „Ich höre die Anweisung über einen Knopf im Ohr... oder ein Rohr im Kopf... oder so."

„Und du befolgst die Anweisung einfach so, ohne nachzudenken."

„Ja, wozu nachdenken? Ich habe ja einen Gesetzgeber. - Bitte den Müll trennen."

„Hast du je über Sinn und Unsinn der Anweisungen nachgedacht?"

„Nein, eine Anweisung ist eine Anweisung", bestätigte der gute Mann.

Doch plötzlich blickte er nachdenklich (was für ihn wirklich eine Herausforderung zu sein schien), als fiele im doch eine Gelegenheit ein, bei der er nicht einfach befolgt hätte, was andere ihm ins Öhrchen sagten. Er sagte langsam:„Nur ein Mal... da hieß die Anweisung 'Juden verfolgen'... Das war eine seltsame Anweisung..."

„Der du dich verweigert hast?", wollte der Pimpf wissen.

„Nein, wieso... Es war trotz allem eine Anweisung von oben - Den Müll trennen."

Der Mann schien ein wirklich braver Bürger zu sein.

Man könnte alles von ihm verlangen. Für ihn macht es keinen Unterschied, ob man Menschen verfolgt oder den Müll trennt, da die Sinnigkeit des Verlangten nie in Frage steht. Sobald eine Verordnung von den politischen Entscheidungsträgern kommt, ist er dabei. Dieser Bürger geht auch brav arbeiten für die Hälfte des geschaffenen Wertes... oder zieht in Kriege.

„Kritiker erschlagen", rief der Mann urplötzlich.

„Eine neue Anweisung?", fragte der Pimpf ängstlich.

„Ja."

Und kaum 3 Sekunden später war der Pimpf schon verschwunden.

15.

Auf dem nächsten Planeten traf der Pimpf auf einen religiösen Eiferer, der ihn gleich unhöflich begrüßte mit den Worten:„Ah, sieh da, ein Sünder."

„Wo, wo?", rief der Pimpf und schaute sich um.

„Na dich meine ich, du Pimpf. Wer nicht nach den Geboten Gottes lebt, lebt in Sünde und wird dementsprechend ‚Sünder' genannt."

Der Pimpf versuchte mitzudenken:„Wer keinen Alkohol trinkt, lebt in Abstinenz und wird dementsprechend Antialkoholiker genannt."

„Gottes Gebote sind schon etwas anderes als das. Sie stehen über allem."

„Echt? Nenn' mir mal welche…", fragte der Pimpf nach, „dann können wir sehen, ob ich wirklich ein Sünder bin."

„Gott sagt: ‚Du sollst nicht falsch Zeugnis reden'."

„Kein Problem für mich… Es sei denn, man droht mir mit Folter… wie Galileo. Dem hat ja die katholische Kirche übel mitgespielt."

„Jaja, das kann vorkommen. Aber er wurde rehabilitiert."

„Stimmt, 350 Jahre später und auch nur teilweise…"

Ohne weiter darauf einzugehen, sagte der Eiferer:„Gott sagt: ‚Du sollst nicht stehlen'."

„Das erzähle dem Geschäftsmann, den ich kürzlich getroffen habe. Der prellt Arbeiter um ihren gerechten Anteil, um eine Gesellschaft von Reich und Arm aufrechtzuerhalten. Aber wahrscheinlich ist er Christ. Die haben jahrhundertelang in aller Welt Gold, Schätze und Land geraubt für König und Kirche, sind also dem Diebstahl sehr zugetan."

„Jaja, das mag sein…", sagte der Eiferer, „diese Christen von damals…"

Und der Pimpf brillierte mit weiterem Wissen:„Und ein Glück, dass die christliche Kirche die im Mittelalter noch geahndete Sünde des Geldvermehrens durch Geldgeschäfte, also ohne Hände Arbeit, aufgehoben hat. Sonst hätte sich diese Finanzelite nicht der Welt bemächtigen können."

„Ja, die Kirche ist wirklich anpassungsfähig und fortschrittlich", stimmte der Eiferer zu. „Was ist mit ‚Du sollst nicht begehren deines Nächsten Weib'?"

„Und wenn sie keines Nächsten ist? Dann darf ich sie begehren?"

„Es ist eigentlich noch komplizierter im Verhältnis zwischen

Mann und Frau. Du darfst eigentlich absolut kein Weib begehren, schon gar nicht das deines Nächsten; bei keinem Weibe deinem Begehren folgen, solange es dir nicht –per Heirat- von Gott anvertraut wurde; und dann nicht deiner Begierde freien Lauf lassen, es sei denn, du beabsichtigst, ein Kind zu zeugen."

„Dann ist es ja einfacher, statt seines Weibes gleich den Nächsten selbst zu begehren."

„Oh nein", stammelte der religiöse Eiferer entsetzt, „das ist allergrößte Sünde. Du bist doch nicht etwa so ein… ein…?"

„Nö, ich war ja nicht im Priesterseminar von Sankt Pölten."

„Das haben sie aufgelöst… aus Gründen…"

„Jaja, das kann vorkommen, stimmt's?", sagte der kleine Pimpf.

„Was ist mit: ‚Du sollst nicht töten'?", lenkte der Eiferer ab.

„Gut, dass ich kein Christ bin", antwortete der Pimpf.

„Wieso?"

„Sonst hätte ich Katharer, Albigenser, Waldenser, Bogomilen, Hussiten, Hugenotten, sonstige Andersgläubige, Sarazenen, Juden, sogenannte Hexen, die Indios und andere Naturvölker sowie zwei Weltkriege auf dem Gewissen...Du siehst, ich bin also ohne Sünde."

Irgendwie gefielen dem Eiferer diese Antworten nicht.

„Jetzt ist aber Schluss, du verdammter Lästerer. Noch bestimmen wir, wer Sünder ist und wer nicht", polterte er.

„Und das macht ihr je nach Windrichtung, wie man an Jeanne d'Arc sieht."

„Meine Entscheidung ist oberstes Gesetz."

„Und wer seid ihr, wenn ich fragen darf?"

„Ich bin Oberhaupt aller katholischen Christen auf diesem Planeten."

„Oberhaupt der Christen... Also dieser Diebe und Mordsgesellen? Wie kann man nur eine Gemeinschaft zulassen, die nachgewiesenermaßen derartige Gräuel in der Geschichte begangen hat? - Und wenn eine Gesellschaft so tolerant gegenüber gewalttätigen Organisationen ist, warum erlaubt sie nicht auch den Nationalsozialismus?"

„Blasphemie", schrie der Eiferer, „ich bin unfehlbar."

„Unfehlbar verwirrt."

„Garde zu mir...", rief der Alte, „Alarm!!!"

„Ach so ist das... ‚Alarm' heißt doch ‚Zu den Waffen'", sagte der kleine Pimpf und folgerte:„Du hast recht, in all dem, was du tust; von ‚Du sollst nicht mundtot machen, verfolgen, einsperren und foltern' war nie die Rede in der Bibel."

Der Pimpf hatte den starken Eindruck, dass es jetzt an der Zeit wäre, zu verschwinden. Die Garde stürmte heran, fand aber den Eiferer nur noch gottesseelenallein.

16.

„Da hab ich noch mal Glück gehabt", dachte der Pimpf, als er dem bigotten Fundamentalisten entronnen war, „eine Sekte weiter und ich müsste jetzt fünfmal täglich zu Boden fallen, vier Frauen heiraten und in den Dschihad ziehen. - Gott, dein Bodenpersonal ist so schlimm."

Aber auch das weltliche Personal ließ stark zu wünschen übrig. Auf dem nächsten Planeten erhielt er gleich die Formulare zur Steuererklärung von einem Typen im Rollstuhl.

„Ich hab noch kein Einkommen", versuchte er sich rauszureden.

„Dann such dir endlich Arbeit, du Schmarotzer", herrschte in der Mann auf Rädern an. „Wir brauchen mehr Steuereinnahmen..."

„Wofür nur all das Geld?"

„Daseinsvorsorge: Infrastruktur, Schulen, Sozialausgaben, Militär... Und all die Beamten und Politiker müssen auch was essen. Mann, haben die einen Hunger."

„Fein, fein, dass man das nicht alles selber organisieren muss..."

„Dafür nehmen wir einfach insgesamt die Hälfte von dem, was du verdienst. Von deinem Lohn... plus von all dem, was du kaufst und besitzt. Ein fairer Preis, denke ich."

„Na ja, ich habe vor kurzem einen sogenannten Arbeitgeber getroffen, der mir nicht alles, was ich an Wert erarbeiten würde, übrig ließe. Also nähmest du die Hälfte von dem schon geminderten Anteil."

„Ja, jeder erhält, was er verdient."

„Und das verprasst du nicht in so sinnlose Projekte wie unterirdische Bahnhöfe, nicht funktionierende Flughäfen und renovierungsbedürftige Segelschiffe?"

„Peanuts. Die Bankenrettung hat euch echt was gekostet. Aber wir erfinden immer wieder neue Steuern und Abgaben. Solange bis ihr leer seid."

„Und wovon sollen wir dann leben?"

„Pffff", machte der Rollifahrer verächtlich und verständnislos, „dann geht doch arbeiten..."

„Kommt noch der Zeitpunkt, da zahlen wir Steuer aufs Atmen", seufzte der Pimpf.

„Ja, darüber haben wir diskutiert, aber keine Handhabe gefunden... Luft ist –verdammt noch mal- einfach da und gehört keinem."

„Da bin ich aber froh, dass uns das noch steuerfrei bleibt..."

Der Steuermann rollte heran und beugte sich verschwörerisch zu ihm.

„Aber diese unerträgliche Luftverschmutzung werden wir demnächst besteuern. Das geht ja gar nicht, dass die Menschen durch ihre ungehörigen Flatulenzen die saubere Atemluft der anderen verschmutzen."

„Eine... Pupssteuer?"

„Genau", lachte er, „wir können die Luft, die vorhanden ist, nicht besteuern, aber die Luft, die erzeugt wird, eure Abgase."

„Das wird keiner mitmachen. Diese Gase sind doch auch so natürlich wie die saubere Luft."

„Ich weiß, aber wir werden euch einreden, dass sie das Weltklima verändern und den Meeresspiegel steigen lassen…" Er schüttelte sich vor Lachen. Beinahe wäre er aus dem Rollstuhl gefallen.

„Und daran sind nicht etwa Verkehr, Bauwirtschaft, Rohstoffabbau, Waldrodung, Verstädterung, Monokulturanbau, Flächenversiegelung, Flussbegradigung, Massentierhaltung und die allgemeine Luftverschmutzung schuld?"

„Doch, aber 97 Prozent unserer Wissenschaftler, also die, die *wir* ausgesucht und befragt haben, werden etwas anderes behaupten…" Kaum konnte er sich wieder beruhigen. „Eine Pupssteuer… hahaha… hahaha… Wahnsinn. Ihr werdet sie lieben, weil ihr die Welt retten wollt… hahaha…"

Der Pimpf diagnostizierte schnell, aber mit großer Wahrscheinlichkeit einen fortgeschrittenen Schwachsinn bei dem Mann im Rolli und allen, die freiwillig diese Steuer zahlen würden.

„Und dann… hahaha…", begann er wieder zu sprechen, kaum dazu in der Lage vor Lachen, „dann… dann… und dann… werden wir die Nahrungsmittel reduzieren… hahaha… auf Bohnen, Eier, Kohl und Zwiebeln… hahaha…" Jetzt zerriss es ihn förmlich. Tränen schossen in seine Augen und sein irres Lachen erschütterte Körper und Rollstuhl. Er wirkte wie ein Kessel, der kurz vor dem Zerbersten steht.

„Mein Gott… ihr seid krank…", stieß der Pimpf hervor. „Ihr seid völlig bekloppt…"

„Ja, natürlich…", sagte die irre, kurz vor dem Platzen stehende Lachbombe und warnte den Pimpf noch rechtzeitig. „Schnell raus mit dir, hahaha, ich muss –vor lauter Lachen– gleich die neue Steuer zahlen…"

17.

„Neue Meldung, neue Meldung", schrie ein windiger Mensch auf dem nächsten Planeten und wedelte mit einer Zeitung. Die Menge hastete neugierig herbei und umringte den Mann. Auch der Pimpf trat hinzu. Alle kauften seine neue Meldung und verzehrten die wohlfeilen Häppchen Information, die der Mann mitgebracht hatte. Die Menge löste sich langsam auf und den Rest stopfte der Zeitungswedler in eine am Straßenrand stehende Mülltonne.

„Vielleicht kommen noch ein paar Leute, um sie zu kaufen", wand der Pimpf ein ob dieser offensichtlichen Papierverschwendung.

„Nichts ist so uninteressant wie das Geschwätz von gestern. Es gibt schon wieder neue Informationen, mein Junge."

„Oh, es werden schon neue gedruckt?"

„Nein, gemacht. Wir sind immer dabei, welche zu erfinden." Er grinste.

„Ihr… erfindet sie?"

Er nahm den Pimpf großväterlich beiseite und hatte anscheinend das Bedürfnis, dem Kleinen mal seine Welt zu erklären, denn er verriet ganz offenherzig: „Ja. Wir sind vom Beruf Wortverdreher. Ein klasse Beruf. Man muss nicht viel können: man muss geschwätzig sein, 'ne gute Schreibe haben und skrupellos sein, was die Inhalte betrifft. Dann kommt man nach oben."

„Wortverdreher?"

„Journalisten! – Und zack… verdreht." Er lächelte hintergründig.

„Aha, ihr… verdreht Worte."

„Wir verdrehen nicht nur: wir geben Färbung, wir schaffen Tendenzen, wir schönen, verdammen oder ersetzen. Es ist ein großes Sprachspiel, in dem alles möglich ist, weil alle Begriffe auf der Welt mindestens zwei Perspektiven und also auch gegensätzliche Bezeichnungsalternativen zulassen."

Der Pimpf schaute sehr verständnislos, da er nur die Wahrheit kannte und ausdrücken wollte. Was wäre die andere Perspektive der Wahrheit? Was wollte dieser Mensch hier gerade loswerden? Und warum sind alle immer zu ihm so offenherzig?

„Kleiner, machen wir ein paar Beispiele. Nenn mir einen Begriff. Und ich verdrehe ihn ins Gegenteil."

„Natur."

„Einsame Wildnis", antwortete er wie auf Knopfdruck.

„Verantwortung?"

„Entscheidungslast."

„Frau."

„Das andere Geschlecht."

„Ehrlichkeit."

„Offenherzigkeitsfauxpas."

Das klang alles noch einfach. Jeder, der ein bisschen Rhetorik draufhat, hätte das hinbekommen. Also wollte der Pimpf jetzt den ultimativen Test starten. Er überlegte lange, um einen möglichst schwierigen, kaum zu verdrehenden Begriff zu finden und sagte schließlich: „Kindesmissbrauch." Der Wortverdreher stutzte, sah aber, dass diese Herausforderung den Kleinen amüsierte und wollte unbedingt wechseln. So fiel ihm nach kurzem Nachdenken –er war geschult darin– ein: „Aktive sexuelle Früherziehung. – Klingt doch gleich viel netter…"

Der Pimpf war fast beeindruckt, wenn nicht genau solche gekonnten Wortverdrehungen schon viel Gewalt und Leid in der Menschheitsgeschichte verursacht hätten. Der Mann klopfte sich in Gedanken auf die Schulter. Und wieder einmal war es ihm gelungen, einen negativen Begriff ins Unscheinbare und Harmlose umzuwandeln.

„Siehst du, so sind dieselben Leute einmal Terroristen, dann Freiheitskämpfer, einmal Großunternehmer, dann Oligarchen, einmal Präsidenten, dann Autokraten. Gefällt der Regierung ein Krieg, ist es ein militärischer Einsatz oder ein Friedensprojekt, sterben Menschen –und das tun sie immer in Konflikten- sind es einmal unschuldige Opfer eines unbarmherzigen Regimes, dann wieder nur Kollateralschäden. Und aus Mülldeponien haben wir Entsorgungsparks gemacht, aus Kapitalisten und die erste Riege ihrer Großverdiener „gesellschaftliche Leistungsträger", während wir den unteren Schichten ins Stammbuch geschrieben haben: ‚Es gibt kein Recht auf Faulheit'. – Ach, ich liebe unser Spiel. Alles ist möglich."

„Ich verstehe. Die Wortwahl hilft der Idee dahinter. Aber die Absicht färbt alles."

„Beim Relotius, du hast es", rief er erfreut aus.

„Aber ihr müsst doch eure Tendenzen auch irgendwoher haben?"

„Jaja… Wir erspüren sie… Was in der Luft liegt –politisch, gesellschaftlich-, auch wenn es stinkt, wird medial umgesetzt. Wir sind richtige Trüffelschweine."

„Und dabei seid ihr völlig unvoreingenommen?"

„Nicht ganz. Viele haben lange unter einer Brücke gelebt und wollen nun Karriere machen. Sie sind heiß und willig auf Erfolg."

„Du meinst die Atlantikbrücke?"

58

„Ja. So verteilen sie sich in alle Medien und ergeben ein stimmiges Gesamtbild, das unsere Kritiker ‚Mainstream‘ nennen. Für uns sind es objektive Journalisten."

„Swinton, selbst ein Journalist, in einem Anfall von erkennender Offenheit, nannte euch ‚Hampelmänner‘ und ‚intellektuelle Prostituierte‘, weil ihr von Geldgebern abhängig seid, wie jedermann. Und Noam Chomski…"

„Nur *eine* Sichtweise… Was soll's? Verdreh's… Jeder hat Recht…"

„Was ist mit der Wahrheit?", insistierte der Pimpf.

„Nur eine Illusion. Nimm sie, verdreh sie und etablier das Verdrehte. Da hast du deine neue Wahrheit. Keiner wird ihr nach kurzer Zeit der Eingewöhnung mehr widersprechen. Es ist wie beim Uhr-Umstellen für die Sommerzeit. Machen es spontan nur wenige, gelten sie als verrückt, machen es alle und nur du nicht, bist du verrückt."

„Und wenn ich weiter bei der wahren Wahrheit bleibe, ihr aber schon woanders seid?

„Dann nennen wir dich rückschrittlich, irrational, unbelehrbar, unwissenschaftlich, Blender, Spalter, Nazi oder Verschwörungstheoretiker… Was uns gerade einfällt."

„Und wenn ihr doch die Wahrheit zugeben müsst…?"

„Dann drucken wir den Widerruf ganz klein auf Seite 9. Und wir haben unsere Schuldigkeit getan."

„Helft ihr so nicht den Regierenden bei ihren Kriegsvorbereitungen, indem ihr deren Lügen verbreitet – von wegen ‚Massenvernichtungswaffen‘ und so?"

„Es war ja mal kurzzeitig Wahrheit… Also hatten wir Recht. Wir überprüfen nichts mehr, sondern informieren über jeden Unsinn, der gewollt ist. Mitteilen ist unser Job, nicht prüfen.

Neben Verdrehen ist noch eins wichtig: dabei sein, mitmachen, immer der Erste sein, der's raushaut!"

Dem Pimpf wollten diese Prinzipien nicht ganz einleuchten, aber er hatte keine Lust mehr mit einem Wortverdreher zu debattieren. Dieser konnte ja alles verdrehen und hatte deshalb selber keine Authentizität – oder gar Seele. Er war lediglich ein Werkzeug in den Händen jeglicher Herrscherclique. Swinton hatte Recht.

„Kann es sein, dass euer Geschäft eigentlich die Täuschung, die Lüge, die Manipulation ist?"

„Ja, wir nennen es aber lieber ‚Qualitätsjournalismus'. Verdreht! Verstehst du? Verdreht!" Und er lachte aus tiefster Leere. Ein Lieferant kam, brachte die neue Zeitung, und der Wortverdreher rief automatisch: „Neue Meldung, neue Meldung."

18.

Der letzte Planet auf seiner Reise war die Erde. Wie sich herausstellte, ein Tummelplatz von all dem Abschaum, den er einzeln auf anderen Planeten schon vorgefunden hatte. Skrupellose Machthaber, unmenschliche Kriegstreiber, korrupte Volksvertreter, politische Speichellecker, unbelehrbare Halsabschneider, schmierige Steuerhinterzieher, intrigante Seilschafter, dreiste Lügner, ekelhafte Emporkömmlinge, egoistische Wirtschaftsprofiteure, zynische Börsenspekulanten, unbarmherzige Ausbeuter, gewissenlose Kriegsgewinnler, pfennigfuchsende Kleinkrämerseelen, nihilistische Umweltsünder, selbstgefällige Wortverdreher und heuchlerische, Kinder schändende Kirchenleute, die allesamt ungefähr 10% der Menschheit ausmachten, aber die restlichen 90 fest im Griff haben, als da wären gedankenlose Befehlsempfänger, gestresste Lohnabhängige, dumme

Handlanger, Soldaten und in Schutt und Asche Gelegte, Besiegte und Unterjochte, Entlassene und Abgeschobene, Verzweifelte und Elende, etliche soziale Randgruppen, Verschuldete und Bettelarme, Unangepasste und Ausgestoßene, Kriegswaisen und -opfer, Sozialhilfeempfänger, am Leben krank oder verrückt Gewordene sowie Ärztepfuschopfer, Exkommunizierte, Drogenabhängige, Huren, allerlei Arten Kleinkrimineller und Betrüger, Abgezockte und die letzte Bastion Gutmenschen. Von diesen unteren Chargen befinden sich wiederum 5% im Wahn, sie gälten etwas in der hohen Welt des Reichtums und Ruhms. Man sieht sie in den Medien als selbstverliebte Egomanen, Möchtegern-Schönheitsköniginnen, selbst-ernannte oder fremdbestimmte Superstars, Hobby-Diven, Freizeitgenies, Boxenluder, Talkshowgäste, eitle Wichtigtuer und sonstige Selbstdarstellungsakrobaten.

All diese Gruppen auf diesem einen Planeten zusammengepfercht machen die Erde zu einer schlimmen Mischung aus Arbeitslager, Schlachtfeld und Irrenanstalt.

Willkommen in der Wirklichkeit, kleiner Pimpf!

Hier zündet niemand mehr per Hand Laternen an. Alles geht automatisch. Die Maschinen, die Produktionswege, die Arbeitsgänge, die Bürokratie, die Geldflüsse, der Bildungsweg, der Tagesablauf, die Freizeitgestaltung. Alles vorbestimmt, massenproduziert, haltbar gemacht, portioniert, vorgefertigt, normiert und überwacht.

Antrainierte Reflexe erleichtern das zivilisierte Leben und beschleunigen die Wirtschaft: billig, will ich; brauch ich, kauf ich.

Alle 10 Minuten schreit aus den Medien ein blanker Busen, ein wackelnder Arsch, eine sanfte Stimme oder ein bezahlter Werbescherge: Kauf dieses Produkt, es macht dich jung, schön, beliebt, erfolgreich, gesund oder reich. Und macht stattdessen nur die Produzenten reicher, die Gewinne größer, die Bonzen fetter. Gott Mammon und seine Töchter Korruption und Armut regieren die Welt. Man kann zwar alles kaufen, dafür aber ist alles käuflich. Von menschlichen Organen, Kindern, Frauen, Mördern bis hin zu Richtern und Politikern ist alles nur eine Frage des Preises. Gott Mammon macht's möglich.

Willkommen in der Wirklichkeit!

19.

Obwohl man in jedem Winkel der Erde das gleiche Gesocks von machtbesessenen, sich bereichernden, egoistischen Oberen und den Bodensatz an unterjochten, gehorsamen Fußvolk findet; obwohl mit 7 Milliarden Menschen der Erde bald der Kollaps droht, könnte man all diese Leute, wenn sie sich zusammenstellten, wie in eine Halle, in der eine Boygroup singt, auf eine Fläche von Monaco unterbringen. Das würde natürlich kein Mensch zugeben, weil die ganze Spezies aufgeblasen und wichtigtuerisch ist, und je begüteter ein Mensch ist, desto raumgreifender. So kann ein reicher Großkotz durchaus der Meinung sein, eine Villa mit 30, 40 oder noch mehr Räumen sei für seine Kleinfamilie oder sich allein ein angemessener Platz, während sich anderswo 10 Leute in Schichten einen Schlafraum der Größe seines Kühlschrankes teilen müssen. So ist es durchaus üblich, dass es wenige stinkreiche Großgrundbesitzer gibt und zahllose Menschen, die nicht einmal einen Quadratmeter ihr Eigen nennen, um wenigsten im Stehen auf eigenem Boden schlafen zu können. Reichtum bedeutet immer, mehr Platz zu beanspruchen als nötig. Dabei könnte man die gesamte Spezies auf ein Minimum reduzieren, wenn man sie, allesamt wie sie da sind, trocknen, nachher pulverisieren und auf einen Haufen schmeißen würde.

Und der kleine Pimpf fragte sich, wie viel Menschen wohl dafür sterben mussten, um die Sahara zu bilden. Er schaute sich um und sah nichts als pulverisierte Menschen.

„Hey, du da", sagte die Schlange.

Der Pimpf staunte nicht schlecht: ein Tier, das trotz der Hitze keine Beine hat, um den Körper vom heißen Sand fernhalten... Evolutionär schwer zu erklären.

„Du bist ein komisches Tier", sagte er. „So lang und dünn. Man könnte mit dir einen Affen strangulieren."

„Was macht so'n kleiner, blonder Pimpf in der Wüste", fragte die Schlange. „Du bist bestimmt kein Afrikaner -dafür zu hellhäutig- und wohl auch nicht beschnitten." Ja, dachte der Pimpf, zum Friseur müsste er auch mal wieder.

„Ich weiß, die Frage ist wohl ein bisschen seltsam", begann der Pimpf, „aber gibt es nicht auf der Erde gute Chirurgen?"

„Na, ist ja auch egal, ob du Matze isst oder fünf Mal gen Mekka fällst... Oder bist du Christ?"

„N-nein", stammelte der Pimpf, um abrupt zu seinem Thema zurückzukommen. „Kennst du dich vielleicht mit Muschis aus?"

Die Schlange aber sagte:„Irgendwie komme ich schlecht weg bei Gott. Sündenfall und so, du weißt?"

Mit „Papier ist geduldig" versuchte der Pimpf die Schlange zu trösten. „Ich habe von einem berühmten Arzt auf Erden gehört... Lebt dieser Paracelsus noch?"

„Wenn es einen Baum gäbe mit Früchten der Erkenntnis dran, hätte ich selbst davon gegessen und keinem was erzählt... Aber hier in der Scheißwüste... nix!"

„Ja, oder dieser andere... Mängle? Nee, Mangs heißt der."

„Gott ist nicht der weise Weltenregler, für den man ihn hält. In der Wüste ist es heiß und man muss viel trinken. Aber Wasser verdunstet bei Hitze und wir haben zu wenig davon. Das ist schlecht eingerichtet. Oder anderswo ist es bitterkalt und man bräuchte Holz zum Heizen, aber dort wächst weder Baum noch Strauch. Gott überlegt nicht, was er tut."

„Vielleicht wollte Gott nicht, dass in der Wüste oder Arktis Menschen leben", spekulierte der kleine Pimpf.

Die Schlange fuhr fort:„Wenn Auf-der-Erde-Kriechen eine Strafe Gottes ist, warum ist Sich-durch-die-Erde-Wühlen keine nennenswerte? Aber von einer Sünde der Maulwürfe steht nichts in der Bibel."

„Ich habe den Eindruck, wir reden etwas aneinander vorbei", sagte der kleine Pimpf zu der Schlange, aber die schwieg lange. „Du bist ein komisches Tier...", versuchte er das Gespräch wieder aufzunehmen. Dann plötzlich sagte die Schlange dies:„Verzeih mir, wenn ich nur so vor mich hin rede, aber ich kann dich nicht hören." Und erklärend fügte sie hinzu:„Wie du aus dem Bio-Unterricht weißt, sind Schlangen so gut wie taub. Ich höre mich nicht einmal selber reden, weiß also gar nicht, was ich sage..."

Das erklärte einiges. Aber Biologie? Was tut das zur Sache, wenn man ein Pimpf ist, der zu Hause mit Blumen redet, die falsche Titten tragen?

20.

Eine besonders aufwühlende Begegnung hatte er, einer einsamen Straße folgend, weit vor den Toren einer kleinen Stadt.

Dort fand er einen blühenden Rosengarten unter Palmen. Die Blumen waren seiner Lieblingsblume gleich, obwohl sie behauptet hatte, einzigartig zu sein, und in gewisser Weise war sie es auch, denn keine der hier lebenden Blumen hatte aufgespritzte Lippen und falsche Brüste.

Und dennoch hatte der Pimpf den Eindruck, dass sie alle seine Blume an Schönheit übertrafen.

„Guten Tag, ihr Blumen", sagte er.

„Hallo Junge", sagte eine. „Wohin des Weges?"

„Ich suche einen Chi...", wollte der Pimpf schon sagen, stockte aber sofort, weil es ihm nun peinlich war, vielleicht erklären zu müssen, wofür er einen Chirurgen suche. „...nesen", beendete er den Satz.

„Da bist du hier ziemlich falsch. Es gibt viele in Arizona."

„Wie kommt's, dass ihr keine... Brüste habt?", wollte der Pimpf nach einer kurzen Pause von ihnen wissen.

„Sind wir nicht Rosen? Also Pflanzen? Die haben von Natur aus keine Brüste."

„Jaja, schon... Und ihr habt nicht den Eindruck, dass euch was fehlt?", meinte der Pimpf.

„Nein, wir haben alles, was uns zu Rosen macht: Wurzeln, Stängel, Blätter, Blüten und Stacheln."

„Stacheln? So so! Keine Dornen?"

„Nee nee. Das ist botanisch ein Unterschied. Wir haben Stacheln, keine Dornen."

„Aber ihr habt welche...?", sinnierte der Pimpf.

„Ja, was sollten wir sonst haben? Falsche Lippen und Brüste?" Und sie lachten herzhaft über diesen Einfall, sodass der ganze Garten bald ein Gelächter war.

Beschämt wollte sich der Pimpf von dannen stehlen, kam aber noch einmal zurück, um zu fragen:„Ihr seid so, wie euch die Natur geschaffen hat?"

„Ja sicher!"

Und eine andere fügte hinzu:„Alles aus den Händen der Natur ist gut. Sobald der Mensch Veränderungen vornimmt, entartet es."

„Ich kenne eine Blume mit falschen Brüsten", gestand der Pimpf. „Wie kommt es, dass ihr alle schöner seid, obwohl ihr auch welke Stellen und Dornen habt?"

„Weil Schönheit nicht nur Oberfläche ist, sondern auch Ausstrahlung und Authentizität. Jeder Mistkäfer ist so schön wie ein Schmetterling, wenn er das in Vollendung ist, zu dem er geboren wurde."

„Danke für eure Worte", sagte der Pimpf und schlich nachdenklich aus dem Garten.

„Vier Brüste will sie haben…", murmelte er. „Nicht zehn würden sie schöner machen…"

21.

Er ging wieder in Richtung Wüste und blieb vor einem einsamen Busch stehen, da sein Gefühl ihm sagte, dass sich dort ein Tier verbarg. Vielleicht ein gefährliches?

„Guten Tag", sagte der Pimpf ins Blaue hinein.

„Hallo", antwortete der Fuchs, der blieb, wo er war.

„Wo bist du?"

„Ich habe mich versteckt."

„Warum?"

„Weil ich Angst habe."

„Vor mir?"

„Ja, du bist ein Mensch."

„Nein eigentlich nicht. Da ich von einem anderen Planeten komme, bin ich ein Außerirdischer... wie ET. Nur hübscher."

„Ach so. Dann komm ich raus."

Und der Fuchs kam unter dem Dornenbusch hervor und grüßte ihn noch einmal.

„Warum hast du Angst vor Menschen?"

„Oh, sie wollen einen ‚zähmen'... wenn sie einen nicht gleich töten."

„Zähmen? Was ist das?", fragte der Pimpf. Und weil der Pimpf ein Alien war, der es nicht wissen konnte, erklärte der Fuchs, was er damit meinte.

„Eine schreckliche Sache für uns Tiere. - Der Mensch bricht in unser Leben ein, raubt uns unsere angeborene Freiheit und sperrt uns in enge Käfige, Ställe, Gitterboxen, Aquarien, Volieren und Freigehege. Man stiehlt uns die Milch, die Wolle, die Haut, das Fell, lässt uns Lasten schleppen oder Touristen, man mästet uns, stopft uns die Leber, verfettet und spritz uns mit Mitteln voll, man päppelt uns möglichst schnell auf und tötet uns danach im Elektrobad oder mit Bolzenschuss, teilt uns in Hälften, weidet uns aus, quetscht uns durch den Fleischwolf, verwurstet uns und verwertet uns bis zur Gelatine.

Oder man lässt uns im anderen Falle Kunststücke machen, degradiert uns zu Sportgeräten oder Clowns, verzärtelt uns, gibt uns Leckerli, bis wir wie eine Wurst aussehen, trägt uns wie eine Handtasche bei sich und mutiert uns zu Ungeheuern wie Möpsen und Nacktkatzen. Dann sind wir ‚gezähmt'."

„Das klingt schlimm… Ich will dich nicht zähmen", sagte der Pimpf sofort darauf, um den Fuchs nicht zu ängstigen. „Bleib, wie du bist, und bleib, wo du bist."

„Danke. Aber ich gehöre zu einer aussterbenden Spezies."

„Ja? Welcher?"

„Der Spezies der frei lebenden ‚wilden' Tiere. Bald hat der Mensch uns allen Lebensraum geraubt, abgeholzt, verbrannt oder verseucht. Dann wird es nur noch gezähmte Tiere geben…"

„Das tut mir leid", erwiderte der Pimpf. „Kann man dagegen nichts machen?"

„Nein, es gibt zu viele zähmende Menschen. Die wenigen tierlieben werden die anderen nicht aufhalten können… Es ist ja auch nicht Sinn, dass wir zwar unbehelligt wie die heiligen Kühe, aber in Städten von Almosen und Abfällen leben. Vielleicht rafft ein Virus die Menschen hinweg, dann hätte die Natur eine neue Chance. Aber das ist Utopie."

„Es fehlt den Menschen anscheinend an Einsicht", meinte der Pimpf zusammenfassend.

„Ja, an Toleranz allem Leben gegenüber", sagte der Fuchs. Sie schwiegen einen Moment.

„In einem Buch", sagte der Pimpf, „habe ich einmal eine schönen Satz gelesen: 'Man sieht nur mit dem Herzen gut. Die wesentlichen Dinge sind unsichtbar.' Aber ich glaube, das bringt uns in diesem Falle auch nicht weiter, oder?"

„Nein, überhaupt nicht. Die Menschen haben kein Herz… Sie haben alles andere: eine Arbeit, ein Bankkonto, Pickel und Affären, aber kein Herz."

Und sie schwiegen wieder.

„Und wenn ich dir einen Rat geben darf…", sagte der Fuchs, „meide auch DU die Menschen."

„Warum?"

„Du hast gesagt, du seist ein ‚Außerirdischer'. Wenn sie dich erwischen, ergeht es dir noch schlechter als uns Tieren."

„So? Werde ich auch gezähmt?"

„Schlimmer. Da du nicht von dieser Welt bist, stehst du im Interesse ihrer Wissenschaftler. Sie werden dich allerlei Experimenten unterziehen, wie du z.B. auf Eisbäder, Hitzeeinwirkung, Elektroschocks, Luftknappheit, Überdruck, Schlageinwirkung, Stichwunden, Drogen oder Schlafentzug reagierst. Wenn sie alle Informationen haben, die sie interessieren, dann wirst du für die Ewigkeit vorbereitet. Sie werden dich möglichst langsam töten, um zu sehen, wie ein Außerirdischer stirbt, und sezieren, d.h. dich auseinander schneiden, vielleicht in hauchdünne Scheiben raspeln und in Gefrierschränken aufbewahren. - Es ist ihre Art, die Welt zu verstehen."

„Verstehen, indem man kaputtmacht?"

„Ja, alles andere verstehen sie nicht. Sie haben keine Ahnung von der lebendigen Biologie, Zoologie, Natur oder dem Göttlichen. Auch ihr Gott ist tot. Er hängt in ihren Gotteshäusern ermordet an einem Kreuz."

„Auch seziert?"

„In gewisser Weise ja", sagte der Fuchs. „Von den Kirchenvätern."

„Dann danke für die Warnung. Ich werde mich hüten…", sagte der kleine Pimpf.

„Und wenn du mir einen Gefallen tun willst", sagte der Fuchs, „dann behalte mich so in Erinnerung, wie du mich hier angetroffen hast. Nicht als Käfigtier zur Fuchspelzzucht, nicht als Märchenfigur oder Zootier, sondern als das, zu dem mich die Natur bestimmt hat: Wüstenfuchs zu sein, frei in einer intakten Natur lebend, wild und unbehelligt."

„Das will ich gerne tun, wenn es das einzige ist, um dein wahres Andenken zu retten", versprach der Pimpf.

Und als der Pimpf sich zum Gehen wandte, sagte der Fuchs noch einmal:„Vergiss nie: die Menschen haben kein Herz."

„Ja, danke."

22.

Dem nächsten Menschen, den er an einem Bahnhof traf, begegnete er also mit Vorsicht. Aber er merkte schnell, dass er doch für ihn als Außerirdischen harmlos war. Es war ein edel gekleideter, stämmiger Herr, der zu dem Bahnhofaufseher sagte:„Hier ist mein Sohn Max Josef. Ich möchte, dass du ihn ausbildest. Nimm ihn hart ran, aber bedenke dabei immer, dass er mein Sohn ist."

„Ja, Herr", sagte der Aufseher und nahm den Sohn und einen verschlossenen Umschlag in Empfang.

„Was machst du da?", fragte der Pimpf den feinen Herren interessiert.

„Ich stelle Weichen... für meinen Sohn."

„Das ist schön. Familienzusammenhalt ist heutzutage so selten."

„Mein Sohn hat es nicht leicht", gestand der Herr. „Er ist nicht von großer Intelligenz. Aber mit meiner Unterstützung wird ihm der Weg geebnet."

„Mit deinem Geld meinst du?"

„Ja."

„Aber wäre auf den Stellen, die dein Sohn mit deiner Unterstützung erreicht, ein ärmerer, aber klügerer Mensch nicht besser?"

„Mag sein. Aber in dieser Welt kommt es nicht auf Klugheit an. Es herrschen Mammon und Korruption, und somit eben diejenigen, die das Geld besitzen. Und unter denen gibt es - wie unter den Armen- viele Dummköpfe, die auch gut leben wollen."

„Und was ist mit schulischer Qualifikation und Chancengleichheit?"

„Gibt es in Wirklichkeit nicht. Das ist bloße Sozialromantik."

„Aha! Reiche Eltern, reiches Erbe. Das heißt: Reich bleibt Reich und Arm bleibt Arm?"

„Ja, so ist es auf der Welt. Es ist für einen Superreichen genauso schwierig zu verarmen wie für einen Armen, so reich zu werden", gestand der feine Herr.

„Dann scheint mir Vererbung ein ungerechtes System zu sein."

„Nein, ein natürliches System. Als liebender Vater werde ich meinen Kindern die Weichen stellen. Wenn mein Sohn ein Versager ist, sponsere ich die Schule. Aus Verbindlichkeit wird sie meinen Sohn durchkommen lassen. Ich bestelle ihm

die besten Privatlehrer und einen Ghostwriter für sein Diplom, gebe ihm einen Posten auf einer Stelle in einer meiner Firmen, bei der er sich langsam aber sicher hocharbeiten kann, und vertusche seine Gesetzesübertretungen, die jeder als junger Spund einmal begeht.

Ich lehre ihn, unser Erbe zu erhalten, das Geld zu mehren, sich selbst zu bevorteilen, Steuern zu hinterziehen, vorteilhaft zu heiraten und unauffällig fremdzupimpern. So bleibt er in der Highsociety stets geachtet, oder zumindest willkommen.

Und meine gehirnlose Tochter braucht keinen Schulabschluss, keine Talente, keine Manieren. Sie wird immer hofiert werden, weil sie meine Tochter ist und eines Tages stinkreich sein wird. Soll sie doch ihr Leben im Hilton genießen.- Welcher Vater wünscht sich nicht, dass es seinen Kindern gut geht?"

„Ja, aber diese Vererbungslehre ist ungerecht. Warum soll deine hoffnungslos doofe Tochter gefördert und mit Reichtum belohnt werden, während wahre Genies aus Geldgründen in den sozialen Brennpunkten und Slums dieser Welt verrotten?"

„Aber ich kann doch nicht für alle sorgen…"

„Nein, das stimmt nicht ganz. Was du zu viel hast, fehlt woanders. Soziale Ungleichheit hat nichts mit der Ungleichheit der Charaktere, Talente und Interessen von Menschen zu tun. Womit hat es deine Tochter verdient reich zu sein? Sie hätte unter normalen Bedingungen gerade die Sonderschule geschafft, um Bedienung bei „Hooters" zu werden."

„Ich finde, es reicht jetzt. Die Welt ist eben ungerecht. Dass ich meine Kinder protegiere, finde ich normal; und dass anderen die Mittel fehlen, ist nicht mein Problem. Mir geht's gut und ich bin zufrieden, so wie es ist."

„Kein Wunder, du bist wohlhabend und hast die Macht, Weichen zu stellen. Die meisten anderen Menschen leben auf dem Abstellbahnhof."

„Wenn du mit der Tatsache, dass es Reich und Arm gibt, nicht klarkommst, dann häng dich eben auf."

„Ich verstehe nur nicht, dass keiner diesen Zustand korrigieren will."

„Korrigieren? Das hieße ja, uns Besitzenden etwas wegzunehmen. Du kleiner Rotzlöffel, wer glaubst du, dass du bist? Solange Reichtum Macht bedeutet, wird es Reichtum geben. Er schützt sich mit allen Mitteln: mit Gesetzen, mit politischen Entscheidungen, per Polizei und zuletzt durch militärische Gewalt."

„Ich weiß, die Armen haben weder Lobby noch politischen Einfluss. Sie haben nicht einmal das Bewusstsein, dass die gerechte Verteilung aller Lebensgrundlagen und -chancen durchaus organisierbar ist. Sie sind selbst für ein gemeinsames Bewusstsein zu arm."

Der feine Herr bemerkte, dass dieses Gespräch in eine Richtung abdriftete, die ihm nicht behagte. Er hatte sich nie mit den Lebensumständen von armen Leuten beschäftigt. Er war ja immer wohlhabend, behütet und einflussreich. Da er nicht bei sich zu Hause war, sondern auf dem Bahnhof, konnte er den störenden Frager nicht hinauswerfen, wie er es seine Art gewesen wäre, so sagte er:„Ich halte dieses Gespräch für beendet" und verschwand eilig vom Bahngleis.

„Und ich halte dieses Gespräch für sinnlos", rief ihm der Pimpf hinterher, womit er wohl recht hatte.

23.

„Mein liebes Kind…", sprach der dicke Mann ihn an. „Willst du ein Spielzeug? Du brauchst ein Spielzeug. Ich habe welche. Ich habe tausende. Kauf eins. Nein, besser: kauf zwei oder viele…"

„Nein, danke. Ich suche einen…" Der Pimpf stockte, weil er nicht wusste, wie er dem Fremden sagen sollte, was er suchte. „Ich brauche etwas für meine Blume."

„Eine Vase? Ich hab tausende Vasen. Such dir eine aus…"

„Etwas anderes…"

„Eine Gartenschere, Dünger, Pflanztöpfe, einen Pflanzensack aus Jute, ein Hochbeet…?"

„Du scheinst alles zu haben."

„Ja. Ich bin der universelle Fabrikant. Ich stelle einfach alles her und beliefere die ganze Welt. Neben mir gibt es nur noch drei andere Fabrikanten. Wir sind die Hersteller für die ganze Welt."

„Für Spielzeug und Gartenbedarf?"

„Für alles. Ich verkaufe auch Nahrungsmittel, Bücher, Medizin, Autos, Kleidung, Kosmetika, Flugzeuge, Kanonen, Dynamit und Gifte – einfach alles."

„Warum?"

„Weil es bei unserer Wirtschaftsweise nicht um die Produkte geht, sondern nur um die Rendite, den Profit. Uns ist egal, womit dieser erzeugt wird. Wir haben überall unsere Finger drin. Hauptsache, der Rubel rollt."

„Aber irgendwann haben doch alle Leute alles…?"

„Ja, aber wir produzieren weiter, weil *alles* wachsen muss, um unsere steigenden Profiterwartungen zu bedienen. Haben wir ja nicht umsonst den Menschen eingeredet, dass Shoppen glücklich macht und man nie genug haben kann. Das war ein hartes Stück Umerziehung!"

„Dass Überfluss nicht Luxus bedeutet, sondern überflüssig, merken die doch selber."

„Kaum. Wenn sie von dem, was wir produzieren, schon alles haben, erfinden wir einfach was Neues. Völlig sinnloses Zeug. Und reden ihnen ein, dass sie es bräuchten. Kein

Mensch braucht Tamagochis, Spielschleim, Panini-Alben, Schulterpolster, Jeans mit Löchern, 4K-Riesenmonitore, G5-Vernetzung, Hundebekleidung, Damastmessersets, Dörrautomaten, Pizzascheren, Knoblauchschäler und E-Roller. Alles Mumpitz!"

„Oder diese Jeeps für die Innenstadt."

„Gutes Beispiel, mein Junge. – Es gibt einfach Dinge, die wir herstellen, und dann suchen wir uns unsere Kunden."

„Also die Doofen, die es kaufen…"

„Schön, dass du mitdenkst. – Willst du ein Spielzeug kaufen? Ich kann dir alles besorgen…"

„Nee… Ich suche ja was anderes."

„Der genügsame, zufriedene, bodenständige Mensch ist das Widerwärtigste, das wir uns vorstellen können. Zum Glück haben unserer Manipulateure, die Werbefuzzis und die Verkaufspsychologen, herausgefunden, wie man die Leute zum weiteren Kaufen anhält. Man muss das Kleinkind in ihnen wecken. Sie bei ihren kindlichen Emotionen packen. Ihre Aufmerksamkeit lenken. Und mit Werbung bombardieren, immer und überall. Und so den erwachsenen mündigen Bürger verhindern. Genial. – Willst du wirklich kein Spielzeug kaufen?"

„Nein…", sagte der Pimpf jetzt schroffer.

„Doch… Komm, du bist ein Kind… Du willst doch spielen… Sieh hier diese wunderbare Spielesammlung… 10 Spiele in einem Karton… Das macht Spaß…"

„Ich will keinen Spaß", sagte der Pimpf trotzig - und fast meinte er es ernst.

„Doooch… Alle wollen Spaß… Die Erwachsenen, die nicht erwachsen werden wollen; die Jugendlichen, um den

Schulstress zu vergessen; die Kinder, weil es ihre Art ist. Spaß ist gut..." Es klang ein wenig nach Kaa, der Schlange aus dem Dschungelbuchfilm. Nur passte seine Figur nicht dazu.

„Aus der Infantilisierung und gedankenlosen Habgier schöpfst du deinen Profit?", fasste der Pimpf zusammen.

„Wir Profis nennen es Hedonismus und Konsumismus, also allseitige Bespaßung und materielle Überversorgtheit. – Willst du eine Vase kaufen?"

„Nein. Ab jetzt kaufe ich gar nichts mehr... So!"

Der Mann verzog sein Gesicht wie Al Capone, dem man die falsche Pizza liefert, und schien darüber sehr betrübt.

„Oooch, Jüngelchen... Willst du was anderes? Ein lustiges Taschenbuch? Einen Fußball? Einen Robo-Dackel? Lach-Gummis? Ich kann dir alles besorgen... Das macht Spaß..."

„Die Wirtschaft scheint ein großes spaßiges Warenhaus zu sein. - Dann ist ja für alle gesorgt!"

„Ja, jeder kriegt, was er verdient." Der Pimpf wunderte sich, dass es trotzdem so viel Armut gibt auf der Welt. Der Dicke begann in sich hineinzugrinsen. Dann beugte er sich zum Pimpf hinab und sagte ganz selbstzufrieden hinter vorgehaltener Hand:„Es ist ein ewiger Kreislauf, mein Junge. Wir überschütten Staaten mit unseren Exportwaren, was ihre eigene Wirtschaft kaputt macht; verkaufen ihnen danach Panzer, Minen und MGs, weil die kaputte Wirtschaft Konflikte schürt; den Opfern der Kriege dann Medikamente und Prothesen; den Überlebenden wiederum Baustoffe, Maschinen und Werkzeuge zum Wiederaufbau ihres Landes und den neu gegründeten Staaten zum Schluss wieder Waffen, um sich gegen eventuelle neue Angriffe verteidigen zu können. Und die Wirtschaft gewinnt immer!"

Der Pimpf fühlte sich äußerst abgestoßen von dieser kalten

Warenlogik. Er hatte nie mehr gewollt, als er gebraucht hatte. Also fragte er ganz offen: „Ist das alles nicht absolut zynisch und menschenverachtend?"

„Ja. Ich sag doch: Das macht Spaß... Spaß ist gut..."

Aber dem Pimpf war der Spaß endgültig vergangen.

24.

Als letztes traf der Pimpf noch einen weiteren noblen Herren. Es war ein in hellmausgrauem Anzug gepflegt gekleideter Mann mit Köfferchen und stinkender Zigarre.

„Guten Tag", sagte er, „mein Name ist Kaiser. Ich bin Ihr persönlicher Zeithändler."

Das klang interessant.

„Zeithändler? Ein seltsam klingender Beruf", sagte der Pimpf. Mehr Zeit zu haben, wäre eine tolle Sache.

„Ja, ich bin Zeithändler. Was kann ich für Sie tun?"

„Ich hätte gern ein Jahr mehr zu leben. Was kostet das?" Der Pimpf hatte schon verstanden, dass alles auf der Erde Geld kostet.

„Sie missverstehen mich. Ich kann Ihre Zeit nicht vermehren. Ich kann Ihnen nur aufzeigen, wie Sie ihre Zeit besser nutzen."

„Oh, wie das?"

„Ja, ich gebe Ihnen ein Beispiel. Lassen Sie mich das an einem der erfolgreichsten Zeitmanagementkonzepte der Geschichte darlegen. Vor 100 Jahren verbrauchten die Arbeiter einer Fabrik unnütz Arbeitszeit mit arbeitsfremden Laufereien, indem sie sich die Teile, die sie montieren sollten, von mehreren Stellen zusammentragen mussten. Diese Zeit wurde also nicht zum eigentlichen Montieren der Teile benutzt, worin ihre Arbeit bestehen sollte, sondern war an sich so überflüssig wie ein Toilettengang. Also verdichtete das neue Konzept die Zeit des Montierens, indem es die Arbeiter fest an Ort und Stelle beließ, um alle nötigen Montageteile zu ihnen zu bringen... auf einem Laufband, an dem sie alle saßen."

„Toll! Dann konnten sie die Zeit, die sie gespart hatten, früher nach Hause gehen", meinte der Pimpf bewundernd.

„Mitnichten. In der gesparten Zeit montieren sie weitere Teile."

„Wo ist dann die Ersparnis?"

„Na ja, es geht um das Einsparen von wenig-arbeitsintensiver Zeit. In der dazugewonnenen soll natürlich weiter intensiv für den Unternehmer gearbeitet werden."

„Es geht also eigentlich darum, die Ausbeutung der Menschenkraft zu verdichten."

„Ja, das ist der Sinn vom Zeithandel."

„Sollte man dann nicht nur einen einzigen Toilettengang erlauben und diesen auf 5 Minuten beschränken?"

„Ja, daran habe ich auch schon gedacht", sagte der Zeithändler. „Aber der menschliche Faktor... Arbeitnehmer mit vollen Hosen stören das Betriebsklima..."

„Menschen stören überhaupt viel", sagt der Pimpf, an den Fuchs denkend.

„Das stimmt. Wie schwierig wird die Einführung der 7-Tage- und 50-Stundenwoche, nachdem sich die Arbeiter an diese goldenen Zeiten gewöhnt haben. Aber wie sollen unsere Unternehmer -bei *der* Konkurrenz im Ausland- sonst noch

Gewinne machen? Wir brauchen mehr Zeit, enger gefüllt mit Arbeit."

„Trotz technologischen Fortschrittes und modernen Zeiten?"

„Wegen. Alles nur wegen. Vor 300 Jahren gab es keine Unternehmer, die darauf bedacht sein mussten, in jedem Jahr mehr zu produzieren, um die Konkurrenz auszustechen und mehr Gewinne zu machen. Diese Wirtschaftsform erhöht

ständig den Konkurrenzdruck, den Verbrauch, die Produktion und verschlingt immer mehr Lebenskraft der Menschen. Das ist so angelegt von Anfang an. So wie Schwimmen nass macht. Das wird nur gern verschwiegen."

„Und wenn man keine Kräfte mehr hat, ertrinkt man...", murmelte der Pimpf.

„Alles hat ein Ende", resümierte der Zeithändler, der sich ja in Zeitfragen auskennen musste.

„Ich möchte nichts von Ihrer Art Zeit", sagte der Pimpf.

„Das kann ich gut verstehen", sagte der Händler. „Aber jetzt muss ich los. Ich habe noch Termine und keine Zeit für Menschen, die nichts von mir kaufen wollen."

Und weg war er. Glück gehabt und Zeit gespart.

25.

Langsam hatte mich der Pimpf mürbe geredet und mein Wasservorrat ging auch zur Neige. Nun hatte ich das Flugzeug wieder repariert, stand aber kurz davor, an Durst zu sterben. Der Pimpf schien ohne Essen und Wasser auszukommen, ein Blick auf seine illusionäre Muschi im Sack und er war glücklich. Ein echter Außerirdischer eben! Ich überlegte, mir auch eine zu zeichnen, aber davon würde ich nicht satt werden. Vielleicht wenn ich mir eine Mahlzeit zeichnete…? Ich versuchte ihn darauf anzusprechen, dass ich Durst hatte.

„Ja, dann lass uns einen Brunnen suchen", sagte er.

„Hast du gar keinen Durst?", fragte ich.

„Ich darf nicht mit Wasser in Berührung kommen", gestand er. „Sonst verwandele ich mich in etwas furchtbar Ekelhaftes, Schleimiges, Widerwärtiges…"

„In einen Gremlin?"

„Nein, in einen Versicherungsvertreter."

„Igitt! – Das kann niemand wollen."

Nachdem wir bis zum Abend gegangen waren, waren wir beide müde. Wir setzen uns und sahen zum Himmel empor. Dort irgendwo lag „Hodmezövasarhelykutasipuszta", seine Heimat.

Er sagte:„Die Sterne sind schön."

„Gewiss", erwiderte ich und sah zu ihnen hinauf.

„Die Wüste ist schön", fügte er hinzu.

„Gewiss", murmelte ich.

„Nur der Mensch ist scheiße", sagte er.

Beinahe hätte ich einfach wieder „Gewiss" gesagt, aber es wäre ungerecht gewesen, denn es gibt zweierlei Menschen. „Nur der herrschende Teil ist scheiße, der große Rest ist harmlos", philosophierte ich.

„Ja, ich habe viele Arschlöcher getroffen und die meisten saßen oben", bestätigte er.

„Wir finden hier keinen Brunnen", sagte ich. „Die Wüste ist zu groß."

„Wenn ein Tier, das bei Gott in Ungnade gefallen ist, in der Wüste nicht verdurstet, werden auch wir Wasser finden", belehrte mich der Pimpf.

Ganz früh am nächsten Morgen, um die Kühle der Nacht auszunutzen, machten wir uns auf den Weg. Der Pimpf vorneweg. Meine Beine wurden schon schwach und ich trank den letzten Tropfen.

Da rief er mich erfreut heran:„Hier schnell, nicht ganz ein Brunnen, aber zum Überleben wird's reichen…"

Ich stakste heran… und wirklich ein Hoffnungsschimmer: eine Burgerkettenfiliale. Ich wusste ja, dass die sich verbreiten wie Herpes. Dank Globalisierung verteilen sich Waren wie Viren über den ganzen Erdball. Irgendwann wird es nur noch eine Kultur auf der ganzen Erde geben und zwei Dutzend Firmen werden die gesamte Menschheit versorgen und lenken.

Wir bekamen etwas Nahrungsähnliches und einen Zuckerbecher, der in der Wüste kaum den Durst löscht, aber ich konnte damit immerhin Magen und Blase füllen. Besser als der Tod war es allemal. Der Pimpf schien den Ort zu kennen. Und die „Speisen". Vielleicht aus der Zeit, als „Los Wochos" waren. Denn er aß nichts.

Als ich von der Toilette kam, war er verschwunden. Ich suchte nach ihm und fand ihn auf einer kleinen Mauer sitzend am Drive-in mit einer Schlange um Gift feilschend. - Mann, der hat auch nix gelernt!

Ich trat heran und sagte:„Junge, Schlangen sind taub… sie kann dich nicht hören."

„Stimmt ja", sagte er, „aber wie komme ich nach Hause… zu meinem Planeten. Ohne Gift und einen melodramatischen Abgang aus dieser Geschichte?"

„Gar nicht. Geh doch so, wie du hergekommen bist. Oder soll ich dich ein Stück mit dem Flieger mitnehmen?"

„Nein bloß nicht... Bin ich lebensmüde?"

Nach der Tracht Prügel, die er von mir bezog, verschwand er in den Weiten der Wüste und wurde nie wieder gesehen. Auch bei diesem Burgerladen nicht.

Er war schon ein sehr komischer kleiner Pimpf. Ich hoffe, er konnte etwas mit der illusionären Muschi in dem nur gezeichneten Sack anfangen.

26.

Und all diese Erlebnisse sind jetzt auch schon wieder Jahre her.

Jeder meiner Fliegerkollegen, dem ich die Geschichte erzählt habe, fragte mich hernach:„Anton, mal wieder beim Absturz auf den Kopf gefallen?" Aber ich blieb standhaft und sagte:„Nein, genauso war das."

Man blickte mich oft mitleidig an, lobte zwar meine Liebe zur Wüste (und zum Flugzeugabsturz), aber sagte, in der Wüste - vor Durst- sehe man vielerlei, das nicht wirklich sei. Und manch einer machte sich einen Spaß und verlangte von mir eine gezeichnete Muschi für seinen Spind.

Und dann zeichne ich ihnen ein laszives Pin-up, eine Muschi nicht in einem Weihnachtsmannsack versteckt und nicht von einer Boa verschlungen, um sie zu schockieren, und weil es in dieser gottverlassenen Wüste ja nichts gibt, außer Postflugzeuge, schlechtes Essen und die blasse Erinnerung an den kuscheligsten Ort auf Erden.

Natürlich klingt meine Geschichte seltsam.

Das alles ist ein großes Rätsel: seht hinauf zum Himmel und ihr könnt's erahnen.

Wir, die wir Pimpfe und Muschis lieben, fragen uns natürlich, was aus ihnen geworden ist.

Hat er meine Muschizeichnung der Blume angeheftet? Hat sie jetzt vier Brüste oder schon zehn? Oder hat er sie zurückoperieren lassen zu dem welken Stachelgestrüpp, das sie eigentlich hätte werden sollen?

Und wird er je eine Frau in den Weiten des Universums finden, deren Muschi er liebevoll verehren kann? Und wird irgendjemand den Mut haben, diese obszöne, erschreckend wahre Satire zu veröffentlichen? Und wird dann die Geschichte des kleinen Pimpfes irgendetwas bewirken? Noch rechtzeitig für Melina?

Also für alle, die's noch nicht begriffen haben. Allen, die ihr Leben verschwenden mit Macht, Geldzählen, Äußerlichkeiten, Sinnesbenebelung, Gehorsam und Fundamentalismus, sei damit gesagt: Diese Dinge sind nichtig, leiten den menschlichen Geist in die Irre und werden früher oder später die gesamte Erde in eine Wüste verwandeln. Für mich, der Wüsten liebt, wäre das nicht schlimm, aber wenn alle in der Wüste leben, wird das Wasser wirklich knapp.

Also wenn euch der Drang zu solchem Unsinn übermannen will, besinnt euch auf diese Geschichte, denkt an was Schönes und bleibt vernünftig. Kehrt sofort zurück nach Hause und fragt die Frau eures Lebens lieber: „Darf ich mein Gesicht in deine Muschi versenken?"

Denn dort werdet ihr Geborgenheit und Seelenruhe finden... und wenn ihr Glück habt auch den kleinen Pimpf.

ENDE